"美少年侦探团"系列

# 美少年椅子

〔日〕**西尾维新** 著

陈江 译

人民文学出版社
PEOPLE'S LITERATURE PUBLISHING HOUSE

著作权合同登记号　图字 01-2023-3926

**图书在版编目(CIP)数据**

美少年椅子 / （日）西尾维新著 ；陈江译. --北京：
人民文学出版社，2024. --（"美少年侦探团"系列）.
ISBN 978-7-02-018868-0

Ⅰ. I313. 45

中国国家版本馆 CIP 数据核字第 20241RW282 号

责任编辑　卜艳冰　曹敬雅　任　柳
装帧设计　钱　珺

出版发行　人民文学出版社
社　　址　北京市朝内大街 166 号
邮　　编　100705

印　　刷　山东临沂新华印刷物流集团有限责任公司
经　　销　全国新华书店等

字　　数　86 千字
开　　本　787 毫米×1092 毫米　1/32
印　　张　6
版　　次　2024 年 9 月北京第 1 版
印　　次　2024 年 9 月第 1 次印刷

书　　号　978-7-02-018868-0
定　　价　39.00 元

如有印装质量问题，请与本社图书销售中心调换。电话：010 - 65233595

# 目录

美少年侦探团

足利飙太

双头院学

指轮创作

咲口长广

袋井满

瞳岛眉美

插画：黄粉

美少年侦探团团规：

1．必须美丽

2．必须是少年

3．必须是侦探

# 美少年椅子

# 0. 前言

"学校教的东西出了社会有什么用？"

这是个常见的问题，谁都问过，没什么稀奇。但是，这个常见的问题有没有一个常见的答案呢？据我所知并没有。

所以我决定把这个问题丢给我的团友们。他们外表帅气，各有特长，甚至都是 A 班的尖子生，一定知道学校教的东西出了社会有什么用。

"这算哪门子的问题？就好比问你'今年读了几本书？'，完全脱离了问题的本质嘛，关键不是读了几本，而是读懂了几本吧？"

装作不好好回答的样子，其实切中要害的，是不良同学。的确，我们应该问的或许不是有什么用，而是怎么才能有用——不良的拿手科目一定是语文。

不对，他外号美食小满，拿手科目应该是家务科吧。

"老实说，我觉得有用啊。学历越高，竞争优势越大，这是有数据可以证明的。"

话说得如此简洁的，一定是光着腿的那位了。他顶着一张懵懂的天使面孔，却出人意料地务实冷静，这位学弟的拿手科目，难道是数学？

等等，美腿飚太一双美腿，拿手的应该是体育才对，他加入的可是田径队啊。

"我觉得，说'出了社会'并不恰当，我们所在的中学，也算得上是美好社会的一部分。"

唔，很符合咲口前辈一贯的表达风格。这样一个关于美好社会的精彩观点，听着不像是萝莉控会说的话。这位前辈的拿手科目，且认定为社会科吧。不过美声长广一副好嗓子，他擅长的或许是音乐⋯⋯

"⋯⋯"

天才少年还是一句回应也没有。认识这么久依然说不上话，真叫人伤心。难道他的专长是英语？

美术创作爱画画，拿手的科目无疑是美术。

话说回来，我们团长的回答呢？

"哈哈哈！现在学的东西对将来有什么用？这是站在将来的角度，回过头来问现在，多美的问题啊！但如果换成是我，我不会问学校教的东西出了社会有什么用，而是要问，我们该怎么学才能对社会有用！"

和前辈说的似乎是一回事。一贯艺术家做派、擅长非理科式逻辑的双头院学，这回却给出了一个形式上对比鲜明的回答，加上他跟长广一个团长一个副团长，我这种小喽啰当然没什么可反驳的。

虽然没什么可反驳的，可这么问过一圈，光我自己没回答，那也说不过去。所以，在这个故事（最近因为担任旁白的缘故，有读者误以为这个系列的标题已经变成《伺候人的美少年》，可千万别误会）的结尾，再给出我自己的答案吧。

对了，你觉得，学校教的东西出了社会有什么用呢？

# 1. 语文老师（鮏鮏崎老师）

"沃野禁止郎是为了达成从内部破坏指轮学园的目的，才被送来的刺客。事态远比你们所想的严重。我们并非处于对立的立场，瞳岛。不论是身为新任学生会会长，还是身为美少年侦探团的成员，你都应该接受我的邀请——不仅为了得到了'没个性'的情报，也为了保卫学园不受'没个性'那家伙背后势力的侵害。"

"不会哦，我绝不会接受的。"

面对发饰中学学生会会长札规谎的邀请，我极其郑重而又不失礼貌地给予回应之后，干脆地挂断了电话——狠狠地按下结束通话键这种行为太老套，我做不出来，只是维持着挂断时的姿势，尽可能动作流畅地关闭了别人送我的这部儿童手机的电源，咻地一下把手机丢进学生会办公室的保险柜里。

呼。

唔，我刚才忙到哪儿了？

"这样好吗？眉美会长，那是通重要的电话吧？"

副会长长绳惊讶地问道，她好像是刚才通话时进入学生会办公室的。

"不会，是不认识的人打来的。"

我老实回答。

正因为老实，我才当选了新会长。但老实说，刚才是骗她的。

"长绳同学，那种以为自己长得一副好皮囊就可以为所欲为的美少年，你会不会一忍再忍，直至忍无可忍？"

"唔，我懂你。"

她居然认同了。

这位副会长是出了名的一本正经，又对上任学生会会长咲口长广忠心耿耿，我揣测她未必真心服我，所以才这么问的。不过，人情世故似乎不是那么单纯的东西。

但不管怎样，车祸后，长绳的恢复情况良好，这真是不幸中的万幸——她是（连任两届的）学生会副会长，我是（新上任的）学生会会长，我们是同一年级的同学，她对我说话却毕恭毕敬，这死板不懂变通的性格我迟早要让她改了。

"不过,眉美会长,既然您这么不喜欢美少年,我倒是有个好消息。"

"好消息?不错嘛,快说快说。"

除了天上掉钱,我最喜欢的就是好消息。

经过极残酷的竞选,艰难当选会长之后,我开始接手学生会的业务,最近忙得简直透不过气来。我由衷地希望有好消息……是的,我现在想听的,可不是其他学校的花花公子给我的坏消息。

但如果没有那起车祸,学生会会长就是长绳而不是我了,她眼中的"好消息",与我所期待的并不一样。

"学生会的业务您也摸索得差不多了,我想向眉美会长您提案一项新工作,一项可以让学生会声威大震的新工作。"

"新工作?"

意思是让我再多干点儿活?

尽管过程中各种不尽人意,但总算是取得了指轮学园初中部学生们的信任,当选了学生会会长。我一定不负众望,竭尽所能造福大家!——这种初心现在已经渐渐淡漠,有些倦怠了,但长绳的"提案"让我的精神再次振奋——希望这个"新工作"可以让我变成真正拥有一双慧眼的"美观眉美"。

"会长，您知道美少年侦探团这个可疑的组织吗？"

"美……美少年侦探团？！"

## 2. 一场关于美少年侦探团的谈话

"各位请安静，请听我一言。

"我这学的是尊敬的前任会长咲口前辈的口头禅，我有幸辅佐过他，这位传说中伟大的前任学生会会长——我们新一届学生会立志超越的榜样，有且仅有一件憾事，一件未能完成的工作。

"说有且仅有或许夸张了些，但他的确有一件未完成的工作……那就是消灭一个神秘组织：美少年侦探团。

"可是，据说连那个组织是真是假都没查清楚，更别说消灭了，前任会长心里必定充满了遗憾。

"我是辅佐他的副会长，对这一点再清楚不过了。

"我自己也觉得无比惭愧。

"所以，如果我要继承咲口前辈未竟的事业，那第一件要做的，就是对不合理的美少年侦探团采取合理的措施。

"咦，怎么了？眉美会长。

"您脸色怎么发青了呢……啊，我明白，我明白的。

"突然听到这种事情，您一定困惑极了吧？

"您放心，我是您得力的副会长，一定会为您分忧，关于这个美少年侦探团——让我把来龙去脉跟您说清楚。

"不过，您应该多少也听过一些传闻吧……这个组织堪称'学校七大怪'之一，但是相比最近才开始风行起来的都市传说和学校怪谈，风格好像不太一样。

"我独自调查过一番，发现他们至少成立三年了——这个组织不是很正式，管理大概也很松散，几乎查不出什么确切的信息。

"他们自称是非正式、非公开、非营利性的自治组织，以解决校内一切纷争为己任——但其实几乎所有校内纷争都是他们引起的。

"有传言说他们比《奔跑吧，梅勒斯》里的国王还要狡诈暴虐。

"当然，这个组织并不是经正当手续批准成立的协会或社团，成员身份和组织规模一概不明——哼，我最看不惯这种漠视规则的作风了，简直比梅勒斯还要生气。

"您听过环尾狐猴怎么叫唤的吗？我气得差点儿就发

11

出那种声儿了！

"话说回来，虽然名叫美少年侦探团，但这个团名里无疑暗藏着一种文字游戏：团员未必都是男孩子——另外，他们似乎也有自己内部的规则。

"即使是非法组织，也难以摆脱规则的约束，据说他们是有团规的。

"说起来特别好笑，但我还是得跟您说说，不说怎么行呢？

"1. 必须美丽

"2. 必须是少年

"3. 必须是侦探

"简直是一帮自恋狂，这也叫团规？真叫人受不了。看他们那狂妄的态度，好像要把学生会执行部取而代之似的，我都快气笑了。但不管怎么说，关于这个号称是自治组织的团体，一直有许多传闻，说得有鼻子有眼的。

"简直不把指轮学园初中部学生会执行部放在眼里。

"是的，证据当然是没有的。并没有确凿的证据和确凿的证词可以证明这个可疑组织真的存在……说来荒唐，他们自称是'侦探'，可遵守保密义务的似乎不是侦探，而是委托人。那些与他们有过牵扯的学生都守口如瓶，嘴巴严实得撬都撬不开。

"看样子他们还很会操控人心呢。

"要不然就是暴力胁迫的。

"实际上没有人透露过他们的真实情况，我目前知道的只有一些不确切的情况……就因为这样，连我们伟大的上届学生会会长都束手无策，只能任由那个危险的组织为非作歹。

"这件事先前之所以没有安排进交接工作中，是因为无论这个虚实难辨的组织是否真的存在，一旦被学园方面知道有这么一回事，势必影响到新一届学生会即将和学校展开的交涉——必修课程的内容。

"前任会长向来注重自立自律，致力于保障全校学生的自治权，对他而言，任由那个危险的组织为非作歹，无疑是一个艰难的决定……他心里一定难过极了。毕竟，学生中——即使只是极少数人——居然有那样的危险分子，这件事一旦被推到风口浪尖，后果不堪设想。

"'如果你们对美少年侦探团这种可疑的组织都置之不理，只能说明学生缺乏自主处理问题的能力。'他们要是搬出这一套说辞，我们也无法反驳。

"而且，原本我们学校就已经有一股坏学生势力，为首的那位被称为'番长[1]'，相较之下，他们的威胁显得迫近而真实得多，理应优先应对。

"不过话说回来，也多亏有番长，在和发饰中学之间那些不体面的地盘争夺中，我们才不至于败下阵来。这些'权力政治'牵扯复杂，迟早也要由我们这一代的负责人解决，不过，当时您来探望我的时候，我暂且搁下了这些事没跟您汇报……但是，眉美会长……

"正因为这样，我才要向您提案。

"这个提案也只有我来提出才合适。

"眉美会长，您是前任会长名正言顺的继任者，正因为这样，在完成交接工作之后，您就不得不面对严峻的形势——您的一举一动，都会被拿来和伟大的前任会长相比较。

"您所做的任何事都会被严格地审视和要求，压力巨大。

---

1　日语中的"番长"有打架王、学生老大的意思。

"我明白，我明白。

"这样沉重的压力原本应该由我来背负，就因为我的一时疏忽大意，才让眉美会长您代我来承受，这实在让我良心难安，但正因为这样，我才向您提议应该优先执行这个计划。

"一个可以树立学生会威信的活动。

"一种宣言。

"如果您解决了前任会长未能解决的问题，就等于让所有人知道，学生会绝没有退缩，绝不是名不副实的傀儡学生会。新的传奇，即将由新学生会会长——您来缔造！"

# 3. 一个关于美少年侦探团的决断

不愧是连任三届的前任学生会会长咲口长广手把手带出来的人，好一番无懈可击的演说，但是，我绝不能被牵着鼻子走。

"啊，哦，原来如此啊……嗯……嗯……"

我含糊地点了点头，敷衍了过去，心却怦怦怦剧烈地狂跳，怦怦怦怦怦怦怦，心脏简直要迸出喉咙口。

长绳和菜，外号"雪女"，是二年级 A 班的优等生，她竟有如此激情澎湃的时候。不过也好——相处过程中发现对方还有新的一面倒不是什么坏事。

当时她二话没说就答应接下副会长之职，我还恶意揣测过，她会不会是想"垂帘听政"，暗中操控一切，把我这个原本只是代她竞选、却又侥幸当选的新会长变成傀儡？如今，看见她这么耿直地出主意，希望帮我树立威信，坦白说，我很高兴，甚至为自己先前卑劣的小心眼感到羞耻——其实如果没有长绳带头为我说话，凭我自己那点儿知名度，大概连学生会我都走不进去。

只是。

"美、美美、美美美……美少年侦探团吗？"

我的喉咙里挤出哼哼唧唧鼠仔般的啼叫。我往椅子里坐进去了一点儿，面对着还沉浸在激情演说中亢奋的长绳，尽力面不改色，保持镇定。

"倒是没怎么听说过啊……真有这么一帮人吗？给女孩子下毒、朝女孩子肚子挥拳、把女孩子从屋顶推下来……很难相信，如此和谐的学园里，会有这么一帮惹人讨厌的家伙啊。"

"您说对他们的行为想象得格外具体呢……"

长绳蹙起眉头，一双细眉柳叶似的。

在一本正经的优等生看来，"朝肚子挥拳"这样的形容听起来尤其刺耳——但其实我说的是发声训练时锻炼腹肌的动作。

"总……总之就是要切断谣言，对吧？叫什么来着，美……美少年？美少年侦探队？只要证明，这个学园里压根就没有那样古怪又俗气的一帮人，就可以了，是吧？"

"最终结果是这样倒也可以，不过，虽然没有确凿的证据，但我有九点九成的把握，他们真的存在。"

九点九成，说得有模有样的，真当自己在破案呢？

不过，这玩笑我可不敢跟她开——毕竟，我的把握高达十成。

"我们希望能尽快拿出成果，让所有人眼前一亮，而除了新学生会的诸多事务，我刚刚还收到一些需要紧急处理的消息……学园里最近开始有传言提到了美少年侦探团的成员，我想其中应该有不少是值得我们关注的。"

"关于成员的消息？"

我浑身一阵战栗。

她难道是在试探我？

幸好我的眼睛隐藏在眼镜背后，不然感觉要露馅儿了。

"是的。"

长绳点了点头——仔细看去，那双细长秀美的眼睛好像正在观察我的反应。

唉，没想到我美观眉美居然也有被别人窥探观察的时候。

"虽然刚才说过，大家对他们的事都缄口不言，但顺藤摸瓜一查，就发现好像有一个喜欢在放学后放火的成员，号称什么'火焰魔术师'……"

这说的是那位爱好做饭的成员？他小灶的火力的确又旺又猛。

"说起来都觉得无耻，好像还有一个混蛋，爱好从背后偷袭女孩子，脱人家裙子……"

我倒是认识一个拥有美腿的人，但他不会脱别人的裙子，反而巴不得让所有女孩子都穿上黑丝呢——这爱好无不无耻不知道，那双美腿看着是挺无耻的。

"最不可原谅的是，听说还有一个萝莉控。"

啊，那是有的。

"如果只是学生群体内部的问题倒还好了，可我还听到一些荒谬的传言，居然说有一部分成员还图谋打入指轮学园的股东内部——渗透了指轮财团的最高层……"

不是图谋，人家本来就是指轮财团的太子爷。

他还有一架直升机（我打赌输给别人了）。

"而且，这件事不仅涉及我们初中部，他们邪恶的利爪很有可能已经伸向了小学。"

团长是小学的，侦探团的老大是小五郎（小学五年级）。

"就……就这些吗？有没有传言说里头还有一个可爱的新团员？"

"不愧是您，猜得一点儿没错。美少年侦探团中现在出现了一个人渣中的人渣……所以，传言说他们变得更加危险了。"

人渣中的人渣。

我虽然震惊这位美少年侦探团的新成员竟也没能逃过这个评价，但尤其令我不能冷静的，是这位"人渣中的人渣"几乎被当成了一切的元凶。

"唔……"

不过，也难怪吧。

这些传言真是够离谱的……

虽然这些信息并不算准确，但已经相当接近真相了——再这样下去，老底被彻底翻出来，恐怕只是时间的问题。

不对，也许长绳肚子里还憋着许多话没说，毕竟现在还不到跟上司汇报的时候……但也可能正因为这样，她才更加兴致勃勃，一个劲儿地希望完成前任会长未能完成的工作……不，还是不对。

明白了。

大概是因为最近动作太大，让美少年侦探团过多地暴露在外界的视线里——确切地说，主要是从我加入以后开始的吧。

我在竞选期间太招摇了。

美少年侦探团做事向来随性，又没什么耐心，单打独斗的多，可竞选是持久战，明里暗里都得活动，才让我们疏于防范——当下情形一片忙乱，实在顾不上隐藏身份。

委托人虽然有保密义务，但你没法锁住人们的嘴，再说了，那保密义务又不具有法律效力，他们会严格遵守，不过是因为怕丢脸而已：要是跟别人说自己接触过那么愚蠢的一帮人，没准会被当成疯子。然而，一旦出现缺口，侦探团的个人信息就会跟洪水决堤了似的大量外流，挡都挡不住。

是团体的，还是个人的？说不清楚。

本来嘛，从团名就看得出来，这是个极有个性的团体，想不惹人注目都难……美少年侦探团一直以来没有暴露，主要是因为我们运气好。

不对，也不是。

以前从来没有这样想过，可听了长绳刚才的那番话，我突然明白——虽然她说新会长新官上任，要去完成前任会长未能完成的工作才更有价值，但其实不是的。

并不是未能完成。

而是前任会长咲口长广就没打算完成——为什么？因为咲口长广自己就是美少年侦探团的成员。

会长就是内奸。

他不仅是学生会会长，还是美少年侦探团的副团长，正因为这样，他才能利用职权之便，在学生会执行部保护美少年侦探团的个人信息。

他先前其实是在积极地销毁人证物证。

对学生会来说，这简直是严重的渎职行为。

过去三年，他巧妙地隐匿了组织的行迹——在长绳和其他干事，或者学园领导面前，尽管看上去似乎也采取了一些措施，实际上十有八九都被他自导自演糊弄过去了。

　　现在美少年侦探团的信息逐渐外泄，说到底，行为太招摇是一方面，但最大的原因，无疑是咲口长广——那位萝莉控前辈，啊不，前辈已经从学生会会长的位子上退下来了。

　　糟糕。

　　我没能延续他过去努力的成果。

　　被学生会会长那些正经工作搞得晕头转向，差点儿忘了自己还是美少年侦探团的团员——就算现在骂我过河拆桥，骂我忘了是靠谁才当选的也没用，这个疏忽已经无法挽回了。

　　虽然我是美观眉美，可我竟只顾眼前，大意了。

　　"假设——我是说假设。"

　　我畏畏缩缩地向我优秀的助手发问。

　　"你看，我们这么优秀，无所不知，如果那些可恶愚蠢的家伙，被我们识破了身份，他们将受到怎样的处罚呢？"

　　"一定是集体退学无疑了。这些自称美少年的混账，通通都要被扫地出门。"

　　天啊。

这是结了多大的仇怨啊。

长绳同我一样都讨厌美少年，在这一点上，我们或许更懂得彼此——唉，原本我们可以成为知己的，可偏偏……

真不希望在这种情形下认识你啊，长绳。

虽然很不情愿，虽然身为前任会长名正言顺的继任者，但就我的立场来说，我不得不保护那些可恶的美少年们——立场？

是的，我现在就坐在那样尴尬矛盾的位子上。

再者，说得更简单些，一旦被人发现我也是那个可疑组织的成员之一（聪明的副会长应该很容易就能猜到，美少年侦探团的成员中，也有穿男装的女孩子），长绳会认为那是一种背叛吧。

我会被扫地出门。

即使是像我这种人渣中的人渣，也实在不愿意被一直以来对我尽心尽力的副会长当成叛徒……这么让人为难的位子，前任会长居然还能厚着脸皮坚持了一年以上。

可能因为他是萝莉控，除了萝莉，对谁撒谎他的良心都过得去，没良心的萝莉控，确实够危险的。

算了，不管怎样，现在开始想办法也不晚。

下次他教我做发声训练的时候，顺便请他指导我一下怎么糊弄人——毕竟美声长广没少靠那副好嗓子迷惑人，总该有些实用的技巧我能用得上。

照现在的情况，我干脆假装欣然采纳她的这个提案，表示"会认真考虑，积极应对"，先拖延一下时间，再作打算。

论狡猾，还得看本性恶劣的我啊……

接下来干什么来着，啊，先去美术室……

美术室！

这时——

副会长嘴里窜出一句尖刀般刺耳的话。

不愧是得力助手，提案的时候就已经想好可行的具体计划了。

"事不宜迟，眉美会长，现在就去美术室吧——我亲自做过数据调查，查到那个美少年侦探团好像正在用一间不上课的特殊教室，也就是美术室，当活动基地。现在我们突袭过去，杀他们个措手不及！"

这么迫不及待。

长绳，你以前到底和美少年有什么过节啊？

# 4. 成员介绍

    万万没想到，学生会执行部竟然变成了突击队，气势汹汹地准备突袭美少年侦探团。反正路上闲着没事，我干脆为副会长演说中那些半真半假的侦探团成员信息添加点儿真材实料吧。

    "美食小满"。

    二年级 A 班的袋井满，长绳的同班同学，长绳住院时，小满还跟我一起去探望过她。刚才提到的"番长"也是他，在指轮学园，他这种不良学生虽然一直都有，但现在已经不多了。美食小满私底下爱好下厨，其实是个美食家。

    番长和咲口长广所领导的学生会一度针锋相对，但现在想来，这种对立关系对美少年侦探团而言，无异于绝佳的掩护……尽管并非有意为之，但他们彼此关系是真的很差。

    至于咲口长广前辈，又名萝莉控长广前辈。

有"美声"之名的长广是个演说家，也是美少年侦探团的智慧担当——坦白说，我还真想不到，一直以来他竟然凭借学生会会长身份，为美少年侦探团付出了那么多。

唔，新生入学那会儿他就作为学生代表登台演讲，而后开始担任学生会会长，那么照理说，在加入美少年侦探团之前，他就已经是学生会会长了吧？

这事儿我得跟他打听打听——如果美少年侦探团没有就此完蛋的话。

美少年侦探团内还有一位体育健将"美腿飑太"，美腿同学。他的本名是什么我都记不得了，平常叫他"美腿同学"叫惯了。

他是一年级田径队的王牌选手，人送绰号"大天使"，一年到头都穿着那件私自裁短过的校裤，无时无刻不在展示那双美腿，只有他——不管是不是美少年侦探团的成员，都很有可能因为穿着暴露，挨学校的违纪处分。

还有那位财团少爷"美术创作"，指轮财团的继承人、一年级A班的指轮创作同学——原本像我这样的平民是接触不到这种上流人士的，可不知为什么，他会在美少年侦探团里负责美术事务。

身份卑微如我，和他基本上没搭过话，在他眼里，我和那些画具、石膏像之类的美术道具或许没什么差别。我的男装初体验就是由这个沉默寡言的艺术家帮我完成的。

然后就是我们的团长，双头院学。

"美学之学"，小学五年级的小五郎。

领导以上各位中学生的居然是一个小学生，我到现在还是有点儿不敢相信，但团员们个个对他忠心耿耿，我要是敢把团长当成小孩儿不放在眼里，轻则挨骂不给饭吃，重则被美腿绞脖子，惨遭暴力对待。

"不巧，我的名字虽然叫学，但我没有什么学识，我所拥有的只有美学。"

就像这句他总挂在嘴边的口头禅一样，尽管他是侦探团团长，但他几乎从不进行任何推理。不过，他的确拯救过我。

爱好美学倒也没什么，但他身为团长，一定有过人的长处……我费了老大功夫当上了学生会会长，现在也算是个领导，原本还盼着能让他传授些心得给我，可如果照这样继续下去，大概是没有指望了。

最后，就是我了。

在校舍屋顶眺望夜空，曾经是我唯一的乐趣，至于参团入伙的经过就不提了（请参考《美少年侦探团：只为你而闪亮的黑暗星》，对了，或许你已经发现，我很喜欢像这样加个括号，把前作书名插进来呢），总之，生来视力非凡的我，最终入团成了"美观眉美"。

但是，再这样下去，尽管我有各种不得已，可美少年侦探团，这个对我有大恩，现在多少还让我有点儿归属感的组织，可能很快就会被我亲手、亲眼毁灭了——哎呀呀呀，这可怎么办呢？

# 5. 紧急避难？

"咦？奇怪，我明明查到美少年侦探团的老巢就在美术室啊……"

长绳一马当先冲过去开门，却看见特别教室里空荡荡的，她疑惑地蹙起眉头，而我则在背后一个劲儿地附和着："咦？怎么会？奇怪了……"

"算啦，谁还能不犯错呢，长绳，越是自信满满，事情往往越不容易办成啊，别放在心上，把这一切都忘了，去做些完全无关的事情吧，比如，数数我们学校的台阶共有多少级，怎么样？这样就能消磨，啊不，有效利用时间……"

"眉美会长！您真是太温柔了！"

副会长一回头猛地抱了上来，给我一个大大的拥抱。我身上穿的男生校服布料硬邦邦的，原本就把我勒得够呛，她这拥抱的力度更是让我的腰肢几乎要折断了。

长绳眼里噙满了泪花。

"长……长绳同学？"

"我刚才那样失态，您却宽宏大量地原谅了我！我现在认定了！您就是在下誓死效忠的新主人！"

在下？誓死效忠？都什么年代了？现在还有人这么说话吗？

交情越深，越能接触到他人那些不为人知的一面，这的确也算是人际交往的乐趣之一吧，但眼前这位优等生隐藏的一面还是让我不由得心里发毛，我的小腿哆哆嗦嗦地打战，仿佛初生的小鹿……是濒死的小鹿吧？毕竟，一旦真相败露，这份遭背叛的忠诚必将化为愤怒，令我十分恐惧。

况且我现在就是在骗她。

但其实这间特别教室并不是美术室。长绳当时正意气"疯"发地要铲除传说中的地下组织，我断定自己拦不住她，于是——

"哼哼！那帮胡来的家伙，我身为新会长，一刻都忍不了了！走！现在就要让他们知道，指轮学园里容不得美少年放肆！"

我假装振奋（这段表演确实不能说没有掺杂任何借

机泄愤的私心），抢在长绳前头，冲出学生会办公室——好引导她。

引导？不对。

确切地说，是为了误导她。

然后，我成功地把长绳带到了音乐室，而不是美术室。这座学园历史悠久，许多宿舍外观奢华精美得毫无必要，让人眼花缭乱，我带她绕来绕去，迂回穿梭，刻意混淆方向——这对我美观眉美而言，不算什么难事。

透视，鸟瞰……一路滥用我神奇的视力，最后我们到达了音乐室。

合唱比赛时，我曾在这里接受前任会长兼副团长美声长广的发声训练，当时我绝对想不到有一天这里还能派上这样的用场……哎呀呀，过去埋下的伏线会以怎样的方式牵扯出现，又有谁能预见呢？

音乐室和美术室迥然不同，或许你会担心误导不成功，但指轮学园本身的特殊情况竟意外地帮了我，以及那个非正式组织，美少年侦探团。

学园方面现在，确切地说，是很久以前，就力图精简课程，把美术音乐这些艺术科目都从课程表里剔除了，结果（或者说成果?）就是美术室和音乐室已经荒废很久，所以侦探团才能私自占领，让我有机会在里面做发声训练。

不可否认的是，这种无视校规的行径的确成了现在让人头疼的大难题，但也因为荒废已久，音乐室里别说乐器，连桌椅都撤去了，哪儿还有半点儿音乐室的样子?

这里只是一间空荡荡的教室，一个大得过分的"空"间而已。

从外观上看，这里完全不像是犯罪组织曾经的老巢，也许正因为这样，长绳才更觉得挫败。那不如，将计就计吧。

"没准让他们给逃了。这个组织阴险狡诈，一定早料到我们要来突袭，现在正心里笑话我们呢……所以，调查不充分就贸然行动往往适得其反，对美少年侦探团，我们还是不要太轻敌了……"

"是啊! 诚如您所言，得做好万全的准备才行! 我原本以为这次一定万无一失了，唉，论思虑周全，我还是远远比不上您啊，眉美姐!"

姐? 我们只是同班同学而已吧。还有，激动地抱上来可以，但脸是不是也靠得太近了点儿？脸颊都蹭到一块儿了。

在二年级有"冰美人"之称的长绳此刻和我的距离已无限接近于零，这当然是一种荣幸，但考虑到她和我的成绩天差地别，我简直诚惶诚恐，可一想到雪女竟会为我这样无能的领导效劳，又不禁生出一种错乱的快感。

人类的趣味真是五花八门啊。

"万分抱歉让您白跑一趟，我愿意接受任何惩罚！但是，请一定再给我一次机会，让我一雪前耻！如果真的如您所说，那帮家伙预知了我们的行动，仓促遁逃，那么他们一定会留下什么蛛丝马迹的！"

应该不会留下吧……

就算有，大概也只是咲口前辈教我进行发声训练时留下的痕迹吧……不过，我因练习而吐的血要是被拿去做了 DNA 鉴定，身份肯定就败露了，所以也不能太不当回事了。

况且，长绳现在斗志满满，搜到证据拿去做 DNA 鉴定也不无可能。

长绳总算放开了我，后退开去（后退时，她的嘴唇不经意地抚过我的睫毛——我的心脏刹那间怦怦跳得厉害，我想即使自己没有身穿男装，也免不了那一刻的悸动），开始查看起音乐室来。

长绳摆出夏洛克·福尔摩斯的架势，猫着腰在这间空荡荡的特别教室里仔细查看着——还真别说，这位学生会副会长比起侦探团那帮家伙，倒更像个侦探呢。

"唔，这间教室有点儿古怪啊，为什么地上铺的不是木板，而是厚厚的地毯呢？"

为了隔音呗。

"会不会是，美少年侦探团那帮人胡乱改造过了？"

"有可能，不愧是眉美会长，好眼力。"

不是我好眼力……我只是去过真正的美术室，知道那里铺着软乎乎的羊绒地毯，比一般的毯子可强多了。

还好眼力呢，不把你骗得团团转就不错了。

"唔，地毯这里有个很深的凹陷，可以推测，上面曾经放置过很重的物体，难道是金库？难道那里面装着违法赚取的黑钱……"

"可……可能吧。"

那是钢琴的痕迹啦。

长绳现在认定，美少年侦探团不止是在学园内胡作非为，更可能已经成长为洗黑钱的国际犯罪组织了——与这种偏执的优等生为敌，事态还真不知道会发展成什么样呢。

得赶紧阻止她才行——却想不出什么办法来。

自己忠实的下属，她的路越走越歪，我除了看着，其他什么办法也没有，真是个没用的会长——跟团长的英明领导相比，我简直无地自容。

"眉美会长，您看墙上有好多个洞啊，不对劲。"

"嗯，是有很多个洞，怎么了？"

"这是弹孔，应该是他们练习枪击留下的痕迹吧？"

那是隔音墙啊……堂堂副会长居然连这个都不知道吗？

比弹孔更可怕的，是优等生知识上的漏洞。不过，会出现这些漏洞也是必然的。

指轮学园的学生现在已没有机会接触隔音墙了。这种墙壁，照理说也只能出现在音乐室这样的地方，但是，音乐课早就被取消了——所以，尽管误认为是弹孔的确太离谱了些，但我如果没有在这里接受过咲口前辈的发声训练，或许也会以为那是一面"坑坑洼洼的怪墙"。

长绳接下来的话更印证了我的想法。

"不过，这里无疑就是美术室了，虽然眉美会长您先前说自己并不是特别清楚。"

嗯，出于保险起见，我才在误导她走错路之前那么说的。

或许更确切地说，是为了自保。万一谎言被识破，我就没法为自己开脱了。但是，为什么长绳会如此确信，这间音乐室就是美术室呢？

因为那面弹孔密布的墙上——

"您看，墙上挂着肖像画呢。"

是的，因为墙上挂着肖像画。

莫扎特、海顿、贝多芬、舒伯特、李斯特……伟大音乐家的肖像画裱在框中，挂在墙上。

糟糕，忘了还有这个，聪明反被聪明误啊。

乐器和桌椅虽然都已被清理掉了，但我忘了，墙上的复制画卖不了多少钱，学校大概懒得拆下来，就一直挂着了——就算没有钢琴，没有隔音墙，这一溜儿过去成排的音乐家摆在那儿，这里不是音乐室还能是哪里呢？

还真能是别的地方。长绳看过那些肖像画之后，似乎更确信这里是美术室了。难道……

"长绳……那些画上都是些什么人，你知道吗？"我装作不经意地问她。

"唔……应该是著名画家的肖像画吧，照我推测，大概是梵高、达·芬奇那一类的。"

她区分不出画家和音乐家。

这位才女，日本的明日之星，未来的希望，连梵高和贝多芬都区分不出来——这就是指轮学园的教育现状。

# 6. 真正的美术室

"幸好我聪明，你们刚刚才得救！——出大事啦！"

没发现什么不得了的证据，长绳和我出了音乐室就分别了，紧接着，我拔腿（同时也防备着是否有人尾随）就往真正的美术室奔去——当然是为了去给那几个正优哉游哉地扎堆在"老巢"的成员通风报信。

结果，我失算了。这时候待在美术室里的，是最不可能有危机感的两个人：团长和美腿同学。

要让这两个人产生危机意识，简直比让猫理解量子力学还要困难。

"小眉美，怎么了？瞧你大汗淋漓的样子！"

"哈哈哈，飚太，我们再怎么说也是侦探团，既然眉美大汗淋漓，那我们就得推理推理，她到底发生了什么事。毕竟推理要素都是齐全的。"

小五郎团长双头院学如此告诫美腿同学。黑板旁——同样是违规搬进来的——落地摆钟的钟摆左摇来，右摇去，他正兴致勃勃地跟着钟摆的节奏左摇来，右摇去，像个怪人似的。但是，团长，现在可不是你告诫别人的时候啊……

不过，团长毕竟是团长，无论他是小五郎，还是怪人，又无论他的推理多么荒诞，我都得竖起耳朵仔细听听。

他说推理要素齐全，我可看不出来。现在美少年侦探团被人抓到把柄，证据确凿……副会长长绳今天暂时停手了，可也只是暂时躲过一劫而已。这些，他猜得到吗？

"眉美应该是来取经的吧？找人给她这位新学生会会长一些建议。长广不在，你那失望的样子，我可都看在眼里呢。"

居然猜得八九不离十，真是不得了，是我小看他了。

不过，我居然会因为那个萝莉控不在而感到失望，想不到我也有这么一天。

"小满不在，你好像也有点儿失望呢，不过，我想那只是因为喝不到他沏的红茶吧。"

不愧是团长，把成员的小心思全看穿了，佩服佩服。

要是我能提早看出，长绳冷淡的外表下居然怀抱着那么澎湃的热情（对美少年的敌意），就可以早做准备，也不至于像现在这么被动了。

"嘿嘿，你不会是打算让学生会和美少年侦探团联手合作吧？"

至于成员的小心思以外的事，这位团长的推理就不奏效了。唉，做什么美梦呢——还联手合作，人家现在可是在给我们下战书。

讽刺的是，我是经由学生会下属的检举才得知了这个消息。这也就算了，那位下属又是副团长以前在学生会的下属。所以在某种意义上，她做的一切，都是为了给副团长一雪前耻。

这样绕来绕去说了一大堆，只说明了长绳忙活了这一场，却显得像个滑稽的小丑。但不可否认的是，这个小丑已经把我们逼到绝路上了。

我慌慌张张地赶来真正的美术室给大家通风报信，可美腿同学和团长都是一副悠闲的模样，不知是心里悬的石头终于放下来，还是感到疲惫不堪力气用尽，尽管没喝到不良学生的红茶——那简直是我的能量水——的确有些遗憾，不过，我还是先坐下来，让疲惫的心灵歇息歇息吧。

副会长是对的，学园内部不应该有美少年侦探团这样的非正式组织，但我私心不想失去这里。退一步说，没有美少年侦探团，我也当不上学生会会长。

没有美少年侦探团，当上学生会会长的，就会是那个可怕的没个性了——当然，这件事长绳还是不知道的好。

她不必知道自己为什么会被车撞。

"呼……现在能桧风吕[1]不？"

"能啊，我刚泡好起来，你不介意那水是我泡过的就行。"

大天使的洗澡水，泡过没准能交好运呢。

我原本打算泡个澡放松一下，脑子也警醒些，可这沙发坐着让人无比舒坦，而且美术室随时都可以桧风吕，我感觉像到了度假胜地似的，所以我有些犹豫，要不要把问题现在抛出来扫兴？

---

1 一种用有香味的木桶做浴缸的洗澡方式，深得日本人喜爱。

不管怎么样，今天算是逃过一劫了。

误导长绳把音乐室当成美术室，成功骗过了她的眼睛——但那是暂时的，那个冰美人不可能就这么停手。她抱上来的时候，虽然周身散发着芬芳轻柔的香味（是洗发水的香味儿吗？下次问问她），但她绝对还有下一次以及下下次的进攻。

对她来说，消灭侦探团可以杀鸡儆猴，树立新学生会威信，是一种宣言，而且现在她已迈出了第一步，指望她主动退缩是不可能的了。得趁她还没发觉侦探团真正的老巢——美术室的位置，赶紧行动起来。

所以，我们应该像长绳误以为的那样，或者说，像我让长绳误以为的那样，尽快从老巢撤退——溜之大吉，走为上策。

不过，这里有我和美腿同学正坐着的这个沙发，团长正跟着摇摆的那座摆钟，还有可以 24 小时桧风吕的木桶——以及不良学生的专用厨房，天才少年创作的雕塑、绘画、陶艺等等数不尽的艺术品。

羊毛毯也是一样，还有那块巨大的、跟美术室氛围格格不入的羽子板[1]——这间美术室里塞满了远比音乐家肖像画更不好撤走，更不好收拾的各种物品。

不难想象，从音乐室把钢琴运出去费了多大的功夫，而要把这间美术室整肃一新，我们更得付出巨大的人力——不，人力还应付得过去，关键是时间。

这么多的物品一天两天不可能搬得完，粗算下来至少也得整整一个月，况且还不只是物品——我调整下巴的倾斜角，朝天花板望去。

那是一片手绘的星空。

那是为了纪念我入团，大家携手画的天顶画。

追寻了十多年的星星被证实并不存在，我对仰望夜空一下子没了兴趣，于是团长想出了这个办法，我当时高兴且感动，但照现在的形势，这幅画确实太棘手了。

怎么办呢？这幅天花板壁画（顶棚壁画？）。

因为直接画在了天花板上，抹除时必然留下大量痕迹，手段不高明的话，只怕比弹孔更惹人注目。还有，仰望天花板的时候我还顺带注意到了一样东西：吊灯。

---

1　一种带柄的长方形板，用来过年时玩球类游戏。

天花板上挂着吊灯……

我曾经困惑过那块大得不像话的羽子板是怎么被运进美术室的，但现在摆在眼前更为棘手的问题是，要怎么把那盏巨大的吊灯运到门外，运出走廊，运下楼梯……

我一项一项看过去，只觉得这间美术室漏洞百出，十分愚蠢。有什么办法能骗过副会长的眼睛呢？一个我都想不出来。

而比这间美术室更让人头疼的问题，也许只有副团长是个萝莉控这一件事了——虽然他总说"我不是萝莉控，只是家长擅自安排的未婚妻恰好是小学生罢了"。

就在这时，美术室终于进来了一个能说得上话的成员。

因为太想喝红茶了，所以我希望来的人是不良学生。可从现在的情况来考虑，最靠得住的还是萝莉控——哦不，是那个被父母擅自安排了个小学生当未婚妻的初三学生，前任会长兼副团长。

"哇，长广！没想到你这么早就来了，事情办得怎么样？小满和创作没和你一起吗？"

"情况不太乐观，我们扑了个空。我只是先回来知会一声——他们俩还在继续调查。"

面对团长的呼唤，美声长广回以磁性的嗓音。

调查？这帮人又在玩什么把戏，而且还没告诉我。

喂，现在被调查的可是我们啊。

"你可别误会，眉美，我们不是在玩——确切地说，是先前那件事的后续，大家正在追查沃野禁止郎的行踪。"

哦，这样吗？

所以是学生会竞选的善后工作了，那的确在某种意义上比学生会事务更重要，毕竟事关学园经营的根基。

我想起了，他。

蓦地，我想起被我丢进学生会办公室保险柜里的那部儿童手机……想起札规谎那煞有介事的语气，关于沃野的真实身份和隶属的组织，他似乎掌握了些许线索。

以及，我想起了札规谎的约会邀请。

但，还是不可能。

尽管我对长绳是那样说（或许因此才导致原本就急转直下的形势变得更加凶险），但我并不会（只）因为札规是美少年，就拒绝他的邀约。

沃野的确是个身份神秘的危险人物，但要说危险，别忘了，发饰中学的现任学生会会长兼赌场老板札规谎才更是不得了。

我可不想深夜在学校体育馆，和经营声色赌场的初二学生近距离接触……就算真的能获取没个性的情报，代价也未免太大了。

那简直是个以贷还贷的无底洞。

况且，咲口前辈在任时，和札规同为学生会会长，二人一度针锋相对，萝莉控要是知道我和札规走得太近，大概会孩子气地吃起醋来。

所以这事儿我怎么说得出口呢？

"怎么了？眉美，你对沃野的行踪有什么线索吗？"

"没有，我能有什么线索，我顶多知道萝莉控是个小心眼而已。"

"小眉美，你最近很爱笑话长广是个萝莉控呢。那原本可是我的拿手好戏啊。"——美腿同学闹别扭似的说道，同时扭了扭那双标志性的美腿。

我可没打算跟你竞争这个。

"算了，沃野已经离开了，再深究下去反而不美了，我们干脆就这么打住吧。"

团长自我安慰道——是到了该收手的时候了。

不过，也难怪小心眼又爱操心的副团长不能接受这样的结果，毕竟，我们连沃野为什么要伪造身份参加竞选都没搞明白。

"长广，你先听一下眉美的烦恼是什么吧，她刚刚担任学生会会长，好像遇到难题了呢。"

不，不止是我，我想说的是，整个美少年侦探团都有大麻烦了，应该听我烦恼的是你才对吧，团长！——你这侦探当的，也太随性了吧。

"是吗？如果是学生会的事，你又是我推荐的人，我当然知无不言。不过，我已经退下来了，再出来指手画脚反而不美了吧。眉美，你可以多征求征求长绳的意见，你也知道，她是个一本正经的人，虽然有时候不太好亲近，但是个可靠的助手哦。"

现在困扰我的就是这位长绳同学。

## 7. 制定计策，对付长绳！

　　虽然种种原因导致眼下少了两名成员，但总算一帮人围桌开起了侦探团会议——这张桌子同样是巨大厚重得无处可藏（看吧，随手都能在美术室里发现让人头疼的东西）。算了，暂且不管它。现在，我、咲口前辈、美腿同学还有团长，针对长绳和菜同学的问题，开始制定计策。

　　我们四人之中有三个人都不擅长制定计策，可就算加上缺席的那两个，这种窘境大概也不会有什么变化——不良学生是一点就着的强硬派，而智力超群的天才少年在这种会议上就没开过口。

　　最终都会变成一言堂。

　　然而，唯一的智慧担当，前学生会会长咲口前辈却压根儿没有当即贡献出任何算得上精彩的主意，听完我在学生会的遭遇，并了解到长绳目前知道的情报之后，前辈一度陷入了沉默，我差点儿怀疑这位美少年是不是被那位沉默寡言的天才少年附身了。

而且，萝莉控不说话看起来怪吓人的……

"眉美，你说的是真的吗？"

什么意思？居然怀疑我。

我撒这种谎干什么？激得我一下子心头起火，可前辈怀疑的并不是我想说的正题，而是——

"长绳居然会做出那么奔放的举动……在我的印象里，她不是会抱住人不放、嘴里说着誓死效忠的那种人啊……眉美，你和长绳之间究竟发生了什么？"

发生了什么？什么也没发生啊。

而且，怎么又是誓死效忠这种老气横秋的词儿？

我原本以为是因为相处得久了，才发现了那位雪女不为人知的一面，可前辈和她相处了一年多，对长绳热情奔放的一面依然感到难以置信……

不过仔细想想，他要是知道长绳还有那副面孔，应该早就告诉我了。

"不仅如此，我退下来的时候就跟她再三强调过，不要对美少年侦探团出手……"

也难怪他有这个疑问——等等，什么？真的吗？

听长绳提议时的口气，像是继承了前辈的遗志，恨不能为前任会长一雪前耻，可如果前辈早就告诫过她，那么事情的性质就完全不同了。

她如今的举动根本是在违逆前任会长的想法。

"对高年级前辈的态度，和对同年级同学的态度有所不同，应该也是正常的吧？"美腿同学说。

无论在场的是初二的前辈，还是初三的前辈，甚至是团长，初一的美腿同学倒躺在沙发上的姿势从未改变过，所以他说的这话，听上去还真没有什么说服力，不过，这句话本身确实挑不出毛病。

"嗯……也许她当时在前辈面前努力表现得干劲儿十足，但现在已经松懈下来了吧。"

"可是，听你的描述，长绳在眉美你的面前，不也表现得干劲儿十足吗？"

团长这次的关注点……还不算离题太远。

我倒也不是今天才注意到长绳对我的热情十分怪异——我还没有那么迟钝，她对我散发的友情那样浓烈，就算我不是美观眉美，也很难感觉不到。

不惜违逆前任会长的告诫，也要消灭美少年侦探团，立下大功，这份激情恐怕不只是出于职务上的责任感。

正因为这样，她对我的友情才更让我窘迫。那是一种我不太熟悉的情感，我完全束手无策。

"算了，不管她怎么想，关键是如何应对她的行动，对吧。但是，从美术室撤走是不可能的吧？"

美腿同学依旧维持着那个"不可能"的姿势，眼睛滴溜溜扫了美术室一圈，得出了和我相同的结论。

"我是练体育的，所以不得不抱怨抱怨，大家带进来的私人物品实在太多啦，尤其是今天不在这儿的小满和创作。"

话说得没错，那两个人今天不在这儿，所以大家的怨气无处发泄（当然，也因为那两个人算是美少年侦探团中最大的刺儿头），可刚泡完澡的美腿同学有资格批评人家吗？——至于我，我竞选期间还住在这儿呢！

"是啊，只要时间充裕，要撤走也不是不可能……问题是，我们哪儿来那么多时间呢……"

"不，撤走是绝不可能的，不管有多少时间。"

前辈正试图进行正经的探讨，却被团长不由分说地拦住了，他对成员的感受向来极为重视，现在居然这么斩钉截铁地拒绝撤走，足以说明他的决心。

为什么呢？是逃跑的行为不够美吗？

"因为，这间教室是我们从永久井声子老师手上继承下来的特别教室啊。我们既然是那位艺术家的学生，接受她的教导，又怎么能轻易把这里交出去呢。"

# 8. 制定计策，对付长绳！2

"嗨，札规同学，你好呀。难得你打电话来，但真不好意思，白天不知道怎么回事，莫名其妙断线了，我们学校的学生会办公室好像信号不太好呢。我刚回到家就赶紧给你回过来了，哈哈，你方便吧？是是，我们白天聊到哪儿了？对对，你说要约我来着，我那么仰慕你，你约我，我当时肯定二话不说就答应了，对吧？哈哈……"

夜里，回到家之后，我拿着那部从学生会办公室的保险柜里取出来的儿童手机——也是我当选学生会会长时收到的礼物——按下通话键，说出了刚才那一番补救话术。我之所以会走到这一步，当然是有不得已的苦衷。

简单来说，团长在美术室发表的那番毅然决然的宣言的确深深影响了我……当然，不管他的主张有没有道理（又或者只是一时兴起），美腿同学和咲口前辈都不可能违逆他的意见，可撇开这点不说，这一次，单就我而言，"别管美学或者别的什么了，现在哪儿还顾得了那些?"——这样的话无论如何我都说不出来。

的确。早一点儿或许还好,可到了现在,那间美术室已经算不上是被我们私自侵占的了——那间教室曾经的主人、前美术教师永久井声子已将它正式交给我们继承了。

那是一位曾经向学园奋起抗争却最终败北的艺术家留下的遗产。

唔,遗产这个词用得不太恰当,说的好像声子老师已经死了似的。但她现在失踪了,没有音讯,所以,这间美术室自然成了她曾经存在过的一种证明。

我们既然从声子老师手上接过了教室的钥匙,就有责任不把这里轻易让给别人——话虽这么说,但无论是怎样的理由,我们的确违规私占了这间美术室,所以如何应对,说到底全看心情。

不对,这不是心情的问题,而是"美学"的问题吧——既然遇到问题,那就得找出答案来,不然算怎么回事呢?

"我觉得我们的胜算应该有九成,现在的情况虽然极为不利,但仔细想想,也不尽然,首先,长绳还没有查到美术室的确切地点——眉美那条狡猾的计策居然能够奏效，就说明不仅美术室和音乐室，甚至其他特别教室，长绳全都没有搞清楚。"

萝莉控竟然说我狡猾。

算了，狡猾就狡猾吧，话糙理不糙——颇有"名侦探"风范的长绳经过周密的调查，细致审慎的甄别评估，距离揭露美少年侦探团的真面目已经只差一步之遥，可她却认不出自己学校的美术室，指轮学园的课程设置确实滑稽。

难道，就算没有我故意（狡猾地）误导她，长绳可能也找不到美术室？……但不管怎么样也不可能放任不管。

"是的，这是个大问题，不能放任不管，一个出类拔萃的优等生居然不认识音乐家和画家的长相……"

是，这一点也是不能放任不管的。

"我也完全记不得那些音乐家的长相，都怪指轮学园的课程设置太不合理了，或许，我们都是这种教育制度的受害者。"

美腿同学一本正经地说，不过这种话从他嘴里说出来实在没什么说服力……也许他是在自我反省，但一个无心学习的人，再怎么教也不可能教会，这是真理。

不过，连贝多芬都认不出来，问题还是很严重的。

她不会也听不出来贝多芬的音乐吧？

可不管分不分得清贝多芬和梵高，长绳的优秀和聪明都不可否认……要不了多久，她应该就会发现，我带她去的那间特别教室不是美术室，而是音乐室。

我狡猾的误导为侦探团争取到的时间不知道能不能撑过一天。

等到明天，长绳应该就会拿出新的计策，重整旗鼓，直捣美少年侦探团的老巢了……要不了多久，她就会找到真正的美术室吧。

"是啊，她很顽强，这一点我可以保证。"

保证这个有什么意义啊……

我现在还真希望前辈能多保证点儿她的性格，可他似乎并不知道长绳讨厌美少年，甚至，没准长绳当初对咲口长广的学生会会长也没有那么忠心不二。

在学校里万人敬仰的传奇学生会会长。

传说中伟大的学生会会长，在学校里受人敬仰，却被心腹暗地里厌恶——这样的推测放在平时，像我这样心思邪恶的人一定觉得痛快极了，可现在自己撞上，那真是糟糕到不能再糟糕了。

万一——继续这样下去可能就是"万万"了——美少年侦探团被抓个正着，而长绳尊敬的那位传奇学生会会长也赫然在列的话，没准她还能高抬贵手，放我们一马，但这个希望过于渺茫，基本上是没有可能。

目前她对我的友情还处在上升期，热乎劲儿还没过。美少年侦探团的事情一旦败露，先前她有多殷勤，到时受到的打击就有多大……我一定会被她厌恶吧。

"我看错你了！"多么刺耳的话啊。

这样的话，人生中无论听到多少次，都不可能不放在心上。

"所以，我们现在能做的，就是紧急避难，或者说先避一避风头了。接下来大家可以分头行动，把学校里所有的校园地形图全都销毁。这个学园占地面积很大，没有地图，应该很难找到美术室的确切位置。"

美少年侦探团之前爱出奇招，不走寻常路，而现在这样的计策可以说是极其直接、极其脚踏实地，可如今也只能这样——团长心中应该很不是滋味儿，这个计划看上去不算太高明，但确实有效，况且我连这样的方案也想不出。

不过，受团长宣言的鼓舞，我暗暗下定决心，也想出一个主意。比起销毁地图，拖慢长绳的进度，我的这个主意或许还更有效。

只是有个条件，得丢弃一样东西——自尊。本来嘛，自尊这种东西就跟美术室里废弃的画具一样，丢了也没什么可惜的。

所以——

"嗨，札规同学，你好呀。难得你打电话来，但真不好意思，白天不知道怎么回事，莫名其妙断线了，我们学校的学生会办公室好像信号不太好呢。我刚回到家就赶紧给你回过来了，哈哈，你方便吧？是是，我们白天聊到哪儿了？对对，你说要约我来着，我那么仰慕你，你约我，我当时肯定二话不说就答应了，对吧？哈哈……"

# 9. 札规谎

　　发饰中学学生会会长札规谎，本来以为他不会出现在本书里了，所以一直没有好好介绍过，现在既然已经跟他通话联系了，那就再介绍一些他的背景信息吧。

　　之前已经说过，他在学校经营着一家夜间赌场，手下那帮家伙号称"流氓美人队"——实话说了吧，那个组织曾经想挖我过去。

　　我不是什么炙手可热的校园风云人物，只不过札规对我的"视力"挺有兴趣，才来邀我入伙，至于诚意有几分，到现在也很难说……总之，那个流氓美人队大概约等于是发饰中学的美少年侦探团吧。

　　所以，我是为了向他取取经，听听其他学校呼风唤雨的组织头目是如何摆脱类似困境的吗？不，不是的，估计没什么参考价值。

　　发饰中学和指轮学园不同，流氓美人队在校外十分招摇，在校内，他们也没有隐藏身份……所以，我按捺住羞耻心给札规打电话是出于别的考虑。

"喂，札规同学？"

但是那个考虑或者计划，都得得到回应才能奏效。如果对方一声不吭，电话是打不下去的。

咦？难道我不小心打错给了天才少年吗？

"喂，喂——"我一通电话打出去，对面却毫无反应，倒像是我自己接了个无声电话似的。

"你是哪位……"

或许是听出我的焦躁，电话那头终于响起声音——那声调刺耳得像是触了电。

咦？札规同学，你不会生气了吧？

比起札规生气了，更让我感到震惊的，是自己居然会惹人生气。不过，想想也是，被人那样挂断了电话，不生气也难吧。除了没有用恶狠狠的态度撂下电话之外，被挂电话时其他那些让人不悦的因素还是相当齐全的。

唔……但是，我就是个犟脾气的女生！不管谁来教训我，我都不会道歉！我就是个绝不认错的男装女子！就算百分百是自己的错，就算被人骂得狗血喷头，我也绝不轻易服软——

“对不起，都是我的错！是我说错话了，对不起！”

“怎么了，发生什么事了？”

札规刚才还冷淡的语气瞬间大变——怎么？我道个歉而已，有什么奇怪的，竟然让他惊讶成这样。

“是指轮学园快完蛋了吗？”

“不是，还没到那个地步。”

看来这次没有白白舍弃自尊。

当初还是他把儿童手机硬塞给我的，说方便有事的时候找我，不巧我厌恶美少年的情绪犯了，没搭理他，现在只能不情不愿地低头认错了，可原本我们之间应该是平等的交易关系才对。

所以，当时没有回应他的约会邀请，而是拖延到了夜里，单看结果，不得不说这或许是个正确的决定——当然，也要看之后的交涉顺不顺利。

唉，虽然我早就做好心理准备，一旦当上学生会会长，就免不了要跟札规打交道，可想不到竟会是现在这个样子……处境尴尬之外，身后既没有美少年侦探团也没有学生会执行部做后盾，只得一个人孤军奋战。

但是，不怕！

"来吧，决一胜负吧，札规同学！"

"你刚跟我那么隆重地道过歉，现在说要决一胜负……我哪儿还提得起劲儿啊。"

看样子我扫了这位花花公子的兴致……确实，让札规提不起劲儿来，都是我这个对手的不对。

"算啦，先不管什么胜负了。现在有个事情，跟什么沃野同学一点儿关系都没有——我现在得把好多家具藏起来，札规同学，你能把那个秘密装备借我一下吗？你不是有块神奇的隐形布嘛，除了我其他人都看不见。只要用那块布一遮，管它什么沙发啊床啊吊灯啊，甚至连天顶画都能隐藏吧！"

我一边拈着薯片，一边提出了一个"正当的交易"，却听见电话那头说：

"完全听不懂你在说什么，而且，瞳岛同学，我们现在是做那种事的时候吗？"

说得很在理——虽然不像是花花公子会说的话。

不对，不良学生和天才少年已经去追查沃野的行踪了啊，我着什么急，虽然他们还一丁点儿线索都没有找到。

"隐形布……亏你说得出口，那商品开发到一半就被你们美少年侦探团打断了。我本来不想说的，你知道那布的原材料造价是多少吗？"

"五……五百日元？"

"还有，什么'秘密装备'啊，你用词倒是很隐晦嘛，那是军用武器吧？"

曾经是吧。

那不是可以随便借用的东西——所以这个秘密计划才没有告诉团长（我怕他觉得不美），以及遵从团长意志的其他成员。

我也不愿意做出非法占有军用武器的无赖行径——除此之外也找不到其他合适的形容了，可现在不得已，我只能牺牲小我的"美观"，以成全团长的美学，不良学生的美食，美腿同学的美腿，天才少年的美术，前辈的萝莉控——哦不，美声。

这种事只有人渣中的人渣才能做到。

"原来如此，既然你已经下定决心，那我也没什么好说的——但是，当然，这不可能免费借给你，你很清楚，我不仅是个花花公子，还是个生意人。"

"你这样形容自己，倒是很像勇者斗恶龙里介绍角色职业的标准格式呢。"

"瞳岛同学。"

"明白。你说不免费，那五百日元够吗？"

我说出了自己能够负担的最大金额，札规听到后仿佛愣住了似的："那我们就不必谈下去了。"——我猜也是。

不过，他在震惊之余，倒也表现出很有兴趣的样子——先前被我扫掉的兴致，像是又死灰复燃了。

正合我意。

"总之，既然是笔交易，那就不可能仅凭一通电话就谈成，瞳岛同学，明天，你可以来发饰中学一趟吗？"

可以可以，悉听尊便。果然还是校园约会吗？

豁出去了我。

"另外，我们学校经学生会总会决议，女生制服已经统一变为兔女郎制服了。"

可以可以——什么？

兔女郎制服？

## 10. 瞳岛眉美的行程表

记得美少年侦探团和流氓美人队在赌场对决的时候，在那里当服务员的发饰中学女学生就清一色穿着兔女郎制服——我们虽然成功逼得他们关停了赌场，却似乎没能彻底扑灭那帮学生对兔女郎制服的热情。

能够操纵学生会总会，经由正当的程序改变校规，流氓美人队和美少年侦探团的定位果然截然不同。我们明面上和暗地里的活动完全分离，而相对的，札规却兼任学生会会长和队长，黑白两道通吃。

虽然的确是我先前拒绝了邀约，让札规丢了面子，可要我穿兔女郎制服赴约，那简直是前所未有的羞辱。可事到如今，干脆一不做二不休，好人做到底，送佛送到西——反正兔女郎制服我也不是第一次穿了。

不过，我既然是女扮男装，照理说也可以穿男生制服进学校嘛，结果一问——

"男生校服现在是棒球夹克[1]。"

你们还不如换成晚礼服得了。

棒球夹克对我这种男扮女装的人来说难度有点儿高啊，发饰中学的男学生们大多形象粗鲁，穿起来倒是合适极了，换成我穿，肯定怪模怪样。

看起来多了个选项，其实别无选择。按照美少年侦探团的团规第一条"必须美丽"，我只能选择兔女郎制服。

不习惯不能成为拒绝的理由。

但穿上兔女郎制服也美不到哪儿去啊——算了，我无所谓，我这种人可不会因为当上学生会会长就有什么偶像包袱，就算当上了国王，我也照样是个无耻小人。

我满口答应札规不怀好意的要求，挂断电话之后，又马上拿出另一台儿童手机——美少年侦探团给我的——按下第四个短号。

同时拥有两台手机而且操控自如！我真棒！

电话是打给天才少年的。

---

1  后背绣有龙、虎、富士山等和风元素的夹克，源于二战后驻日美军所改制的一种夹克，美国大兵常将其作为日本特产带回国。

"天才少年！求求你，帮帮我！你什么也别问，明天把我打扮成顶级的兔女郎吧！"

纠正一点，通常天才少年是不会说话的，所以我们之间谈不上什么交流，只是我单方面请求他而已。

一回到家我就对着儿童手机求人求个没完。

刚才札规一声不吭，害我以为是不是电话错打给了天才少年，现在真的面对天才少年了，我才意识到一声不吭跟沉默寡言的区别——不过，对于天才少年的沉默，我已经没有那么在意了。

甚至，我还能从他的沉默中解读出意图来……这是团长除美学以外为数不多的能力之一，虽然在现实生活中没有任何意义。

我向团长学来这种在生活中毫无意义的能力，用于和天才少年沟通（或者是单方面沟通？），并制定行程，计划明天早上在指轮学园的学生会办公室（不能在美术室），让天才少年把我打扮成兔女郎。

如果要公开我，瞳岛眉美的行程表，那大概是这样的：

6:00 起床

6:30 上学（上学路上吃点儿面包当早餐，避开转学生）

7:00 到达学校→在学生会办公室等候

7:30 换装→变身兔女郎

8:00 出发前往发饰中学

按照这个行程表，我需要以兔女郎的打扮从指轮学园出发前往发饰中学，但这个问题到时再看吧——老实说，我并不想面对这个问题。

有了天才少年的帮助，我一定可以变身惊艳的兔女郎，让自以为已经在交易中占据上风，妄图将我纳入麾下的札规谎吓一跳！毕竟，帮我打扮的可是天才少年这个富家大少爷，札规绝对挑不出毛病来。

另外，天才少年之所以什么都没问（什么都没说），就接受了我的请求，并不是因为他和我之间有多么深厚的信任关系，而是那位艺术家纯粹把我当成他的创作素材而已。

而且，并不是什么品质上乘的素材，大概他打算化腐朽为神奇，把我这块朽木雕琢成杰作，以此来磨炼自己的技艺吧……要把我这种阴沉的女孩子打扮成兔女郎，也许就跟把我打扮成美少年一样，需要极高超的艺术造诣。

所以，我跟他也算是等价交换吧，或者说，等价交易。

我这样私自把天才少年借来用，要是让萝莉控知道，到时他顺藤摸瓜一查，没准我只身前往发饰中学赴约的事就会败露。但是，前辈和团长（还有我）不同，他应该没有读取那位沉默艺术家内心的能力。

他能读懂的，只有缺心眼的傻孩子——身为领导，连自己的副手内心讨厌美少年都没能读懂——所以，只要我一口咬定"我就是喜欢打扮成兔女郎，纯属个人爱好"，应该就能糊弄过去吧。

所以，说到底，最需要引起重视的问题还是我要获得隐形布所需要付出的代价到底是什么。礼规会对我提出什么要求呢？

他原本的提议是邀请我们相邻的两所中学团结一致，联手对付沃野所属的组织……撇开什么约会不说，这个提议目前还是有可能成立的，但，我也不可能无条件接受他的提议。

况且，无论是身为新任学生会会长，还是美少年侦探团的一员，无论我们的处境如何变化，札规都是一个危险人物，这一点毫无疑问——极端来说，沃野和札规背地里勾结的可能性也不能排除。

我必须识破这种可能。

现在解释或许有点儿太迟了，但所谓的"美观眉美"，其实只是指我的视力极佳，并不是说我的眼光极好……

# 11．我的造型设计

第二天清早，我计划周详的行程在起床的那一刻就破产了。

六点我起不来。

初中女生怎么可能早起嘛！

确切地说，我起来的时候已经七点了——按计划应该到学校了。原本准备大干一场的热情瞬间降至冰点。但我不会气馁！

尽管马上就要换装了，可我还是怕不小心冲犯了天才少年古怪的艺术家脾气，所以老老实实照他的要求穿上男装，一路小跑，来到了指轮学园。

之所以不敢全力冲刺，主要是怕万一跑得大汗淋漓又会引起美腿同学异样的眼光，那就麻烦了。

我妆都花了。

因为急着出门，路上还补了两回妆，最后索性破罐子破摔，放弃挣扎，悠闲地到了学校。不出所料，到学生会办公室的时候，天才少年正面无表情地站在门口。

这个财团少爷一秒钟就能调动上亿资金，而我，让他在走廊白白等了我将近一个小时……指轮财团要是知道，准会要了我的命。不知什么时候开始，我的人生已经变得这么刺激……

我不仅无路可走，连立足之地都没有了。

而且，天才少年腋下还夹抱着兔女郎的服装。

那是我央求他带来的。让这位艺术家（估计是连夜）为我制作了奢华的兔女郎服装，我也算是罪该万死了吧……可这件事非天才少年不能做到，只有他最熟悉我衣服的尺码。

只要我敢开口，没准他连魔法少女的衣服都能做出来……如果天才少年秉持着艺术造型师的创作热情，能把我的荒唐请求当成乐趣，那就再好不过了。

"对……对不起啊，让你久等了。我没法为自己的迟到辩解，总之是有不得已的理由！我马上开始准备。"

没法辩解是因为总不能说是睡过了头吧。其实我并没有什么可准备的……只不过，昨晚我已向札规道过歉了，所以现在很自然地也道歉了，既然我都能向札规道歉，那就没有道理不给天才少年道歉。

苦肉计罢了。

要是换成不良学生或萝莉控，我还做不到。

但是，对我来说，这已经很不可思议了——我以前是那么厌恶向人低头，可现在交了知心好友，站上了学生会会长这个高高在上的位置，却反而内心毫无波澜地愿意向人道歉了。

人生艰难啊！活着真受罪！

我扯着天才少年的袖子把他拉进学生会办公室——我之所以这么着急忙慌，是因为要做的是不可告人的事，可现在把学弟拉进学生会办公室，让他把我打扮成兔女郎，总感觉那种"不可告人"的意味更不可捉摸了。

天才少年见我急匆匆的样子，便也紧急为我换起装来——其实并没有。他宛若一个优雅的贵族，或者年轻的艺术家，全然不管别人的死活。

我只有耐心等着的份儿。

艺术创作所需的时间是无限多的——他脸上的表情这样说道，尽管嘴巴没有动过。

唉，算了，本来他就无端端遭了罪，抱着兔女郎服装（而不是个水桶）在走廊站了近一个小时，为人谦和有礼如我，怎么好再催促他呢——我的性格尽管多少有点儿问题，但到底还不算出格，我还是希望尽量遵守发饰中学的校规按时到学校。但我已经让天才少年等了那么久，就没有道理不让札规多等一会儿了。

况且，电影里不都这么说吗？好女人就得在约会中迟到——我当然不是好女人，我是一个要去发饰中学捣乱的无赖。

反正已经过了八点，接下来我只有两个选择，要么女扮男装迟到，要么穿上兔女郎制服迟到——这算是什么莫名其妙的选择啊。

"天才少年，你继续做造型不要停，然后听我跟你闲聊几句吧？"

天才少年没有回应，但是他应该在听。

我正被按坐在椅子上，任由天才少年在头上折腾与兔女郎服装相配的发型。我们不是在那个被改造得面目全非的美术室，而是在学生会办公室，这里更接近，甚至象征着真实的教学场所，在这里换装成兔女郎，总感觉像在做什么亏心事，所以我才打算闲聊一会儿以分散注意力——也不全是闲聊，这个问题我老早就想请教天才少年了。

如果是在美术室，一帮人都聚在一块儿，我很难有机会跟他单独交谈——现在这里只有我俩，正好坦诚相对。

"我想说的是，平时就坐在那把椅子上的副会长长绳——就是那个之前遭遇车祸的长绳，她好像连贝多芬和梵高都认不出来。"

过程我就略过不说了。

那时是集体行动，他应该已经从前辈那儿知道美少年侦探团所面临的危机了……接下来才是正题，才是正式的交谈。

"这件事让我本能地感到十分震惊，无法形容的那种震惊……但是，后来我反问自己，那又怎么样呢？我给不出合理的说法，这种感觉也是无法形容的。"

天才少年没有回应，可是他应该在听。

"非要说的话，大概就是，一个连咲口前辈都极为认可的才女，居然缺乏美术和音乐方面的基本常识，实在令人意外，或者说，实在不应该——指轮学园不重视艺术科目，荒废了美术室和音乐室，而长绳的事更让我觉得，指轮学园的课程设置果然是错的。"

天才少年没有回应，不过他应该在听。

"但那又怎么样呢？我是个内心阴暗扭曲的人，所以喜欢反向思考问题。声子老师为了保住美术课，奋力与学园抗争，这让我十分感动，对于团长坚决继承那份美学的态度，我更是没有任何违抗的意思……但是，长绳不知道贝多芬、梵高、瓦格纳、毕加索，跟我不知道太宰治和费曼，有什么区别呢？"

天才少年没有回应，然而他应该在听。

"我偶然加入了美少年侦探团，大家都偏好美术和音乐，所以会对有人居然不认识艺术家而感到惊讶。但是，如今的社会更重视语文、数学和理科，而指轮学园更重视英语、古代典籍以及古汉语，在他们看来，我不认识文学家、数学家、科学家和历史上的伟人，才更让人惊讶，更需要被'拯救'吧。对了，不是常听人说'学校教的东西出了社会有什么用吗？'"

天才少年没有回应，尽管如此他应该在听。

"可能连小孩子都会觉得这个问题很幼稚，但是，假设这个问题有一定的道理——如果我像个侦探一样,用反证法来看待这个问题,假设在注重语文、数学和理科的社会里,英语、古代典籍和古汉语是没有任何用处的,但是,这就能证明,美术、音乐或者家务、体育将来就会有用吗?或者,我们能够拍胸脯保证,学习的另一个极端,也就是娱乐——看漫画或玩游戏或跟朋友玩耍,将来就一定没用吗?"

天才少年没有回应,即使如此他也应该在听。

"反过来说,我们也不是因为对将来有用才去玩耍的呀——也不是为了'长见识'才跟朋友聊天的呀,说到底不过是出于喜欢——如果我们建议一个真心喜欢学习的人应该去多看电影多玩耍,这样的建议又是否合理呢?未必吧。居高临下地希望拯救一本正经的长绳,希望教导她,为她启蒙艺术的精彩,可换个角度看,这样的态度既傲慢又讨厌,太差劲了。"

天才少年没有回应,不过他应该在听。

"如果以后换成音乐或美术越来越受重视,那么一切就会反过来了吧——一定会有呼吁让孩子重拾语文和数学的人,想想也怪可笑的,反正自然而然总会趋向平衡。

也许一切价值观或主张都不过是某种批评与责难罢了。"

天才少年没有回应，但他反而应该在听。

"这样的反证再扯下去就没完没了了。即使我曾经批评长绳缺乏艺术常识，但一定也有人会批评我的无知吧。我虽然知道贝多芬和梵高，但那些真正的艺术爱好者或内行人士所熟知的'冷门'艺术家我并不熟悉——行家大概要说了，'连这都不知道，也敢说懂艺术？'居然连《布朗神父探案集》都没读过，居然连埃勒里·奎因都不知道，居然只看过金田一耕助的电视剧而不熟悉原著——这和那些玩游戏也要分个三六九等的说法有什么区别呢？比如认为 CG 制作的网络游戏难度更高，玩起来更有优越感，觉得手机游戏算不上真正的游戏之类的。"

天才少年没有回应，但他反倒应该在听。

"不是总有人批评我们中学生的阅读时间太少吗？一个月才能读几本书啊？还不能算上电子书，漫画又不算书……人们总是感慨现在的孩子不爱看书，这样的声音我们已经听了太多了，'读书比不读书更正确'这样的说教，听起来不觉得很刺耳吗？我们会想，爱读书就那么了不起吗？的确有些问卷调查结果显示'孩子们越来越不爱读书了'，但如果不去调查孩子们把不读书的时间花在了哪里，这样的调查结果又有什么意义呢？如果中学生把时间用来积极参与志愿者活动，不也很好吗？学习的对立面原本就不是艺术，而是不学习，而不学习并不代表玩耍。同理，玩耍也不代表就没有在学习。其实我想说的是什么来着？对了，也就是说……也就是说，我担心自己对长绳的批评和那些批评孩子不爱学习的说教本质上没什么区别——就像她打算查到美术室的确切位置，把可恶的不正当组织美少年侦探团一举捣毁一样，我难道不是也在剥夺长绳对音乐或美术'不了解的权利'吗……想到这里，我就越来越不知所措了。"

"不可以的。"

天才少年回应了，坚定地回应了。

"'不了解的权利'或许是有的，'无知的权利'也一定是有的。但是，没有什么'不思考的权利'——眉，不要停止思考，这是你的义务。"

咱们必须学习，就像玩耍那样。

天才少年这么对我说，就像对他自己说一样。

# 12. 兔女郎会长

　　过了好一会儿，我才想起，天才少年的人称用的是"咱"，且不管这个，我那些为了消磨时间的交谈内容（自言自语）可能多少对他造成了一些困扰，我反省——我这种人也还是会反省的，尤其是把自己内心的纠结强加给别人的时候。

　　所以，他称呼我这个学姐"眉"，我也就不计较了（如果敢叫我"喂"，那我可饶不了他）。

　　天才少年，也就是指轮创作，他虽然只是个初中生，但因为聪明过人，所以在指轮家族的财团理事会上都有一定的影响力，但他还是加入了美少年侦探团，把时间花在绘画和雕塑等艺术创作上，这绝不是在消磨时间，也不是缓解压力。

　　那些活动对他来说，是不可或缺，是必不可少的。

　　就像我当初也抑制不住内心的冲动，为了寻找一颗星星，仰望了那么久的天空——尽管我的人生一塌糊涂，更别说什么"对将来有用"了。

我原本以为，天才少年是一个艺术家，想必会跟我鼓吹"艺术科目比必修科目更加重要"之类的理论，但，是我浅薄了——就像爱学习爱得停不下来的孩子一样，指轮创作只是爱艺术爱得停不下来而已。

……这么一来，指轮学园的症结，前任学生会会长尽力阻止避免继续恶化的问题，也许就不是艺术科目的课程遭到削减——这不过是次要问题——而是过分重视必修科目，导致其他科目几乎集体覆灭。

这才是新任学生会会长必须思考的问题。

必须，思考。

天才少年想表达的，和我所理解的，无疑存在一定的偏差，这本来也不是什么轻松的话题，但是，多亏了他，我觉得没那么压抑了——接下来要去跟花花公子札规见面的愧疚感瞬间一扫而光。

为了守护美少年侦探团，为了守护美术室。

至少我已不再迷茫。

如果换作是美学之学，他一定不会因为这种事而纠结迷茫、止步不前吧……想到这里我就觉得羞愧，不过，这也算是一种学习嘛。

这个世上一定也有独属于我的美学。

尽管一直被我干扰，但天才少年还是把我打扮成了一个漂亮的兔女郎——这个践行只动手不动口原则的艺术家把我变成了兔女郎中的兔女郎。

我果然是块任人雕琢的"画材"啊。

时间本来就很紧张了，可看到学生会办公室的墙上那面穿衣镜里映出我的模样，我不禁愣住了，直到8点25分的预备铃响起才猛然惊醒。

这……这是我吗?!——忍不住再次惊叹道。

天才少年为我做兔女郎打扮，这应该是第二次，他的手艺又长进了啊——我一回头，发现那位艺术家工作一结束就悄没声儿地离开了学生会办公室。他脑子里还真的只有工作……

不过可能只是去上课了吧?

话说回来，虽然先前交谈（自言自语）的时候，我把他当成了一个艺术家，但他其实只是一个成绩优异的普通 A 班学生吧——平时那帮家伙一味胡来，让我常常不小心忘记了这一点。当然，除了天才少年，美少年侦探团的成员（连美腿同学和不良学生在内！）全都是成绩优异的 A 班生。

这是一帮文武双全、学艺双全的美少年。

艺术和学习，哪个更重要呢？我如果问出这么俗套的问题，没准会挨他们一顿批：当然是都重要啊——从这个意义上说，我大概只能得到这种不太具有参考价值的参考意见吧。

答案也许只能自己找了。自己行动，自己寻找。

于是，在上课铃声响起之前，我下定决心，要以一身兔女郎装扮蹦到大马路上，翻卷起兔耳朵，摇晃着兔尾巴冲进隔壁的那所学校——就在我准备离开学生会办公室的时候，那扇内开的门明明不是自动门，却自动朝我打开了。

差点儿门就打到头了，可我已经是一只兔女郎了，所以一蹦就蹦开了——好吧，不是要嘴皮子的时候。站在门对面的，从走廊那侧打开门的，就是刚才我谈论了半天的长绳。

实在是巧得不能再巧了。

下一秒没准会长就被副会长砍死了……

# 13. 潜进发饰中学

两小时后，我走进了发饰中学的校园里。时隔几个月后，我又来到了这里。这是我第一次在白天来到发饰中学，而且是昂首阔步地走进学校。但，是在两小时后。

两小时后，是的，十点半。

就指轮学园和发饰中学的距离而言，时间显然太久了，至于原因嘛，确切地说，是因为举办了一场小型摄影会。

"眉美会长，你果然是这种人！"

当遭到这种诘问的时候，我感到自己还一事无成的人生彻底完结了，但是……

"果然和我想的一样，真的太棒了！其实我也是！我特别喜欢打扮成各种样子！好像变成一个完全不同的自己，开心极了，是不是！"

长绳一个劲儿地说个不停，连神情都不同了起来——眼珠子的颜色整个儿都变了。

那双眼睛像是要钉在我身上似的。

我一直想不明白，长绳为什么对我这么忠心，甚至胜过对前任学生会会长，现在看来，她似乎是被我奇奇怪怪的打扮吸引住了。

难道她喜欢换装吗？

简单来说，和角色扮演（cosplay）差不多。

长绳给我看了她的博客，上面有很多她打扮成动漫角色的照片——随着相处时间的增长，我知道的已经远不是长绳"新"的一面，而是她"深深隐藏"起来的一面了。老实说，尽管其中有些照片令我目瞪口呆，但我现在一身兔女郎打扮实在没什么质疑人家的资格。

原来如此。

如果是这样，可能早在我穿着男装上学时她就把我视为同好了——而且，当初去医院探望长绳，初次交谈的时候，我身上穿的男装和今天的兔女郎服装一样，都出自天才少年的艺术创作，而不是我自己平时的"习作"。

内行人分得清二者的差别——长绳是分得清差别的。

就这样，我和一本正经的优等生，绰号雪女的长绳一起逃了一节课，在学生会办公室举办了一场兔女郎摄影会。

我的脸上浮现出十四年来从未浮现过的笑容，摆了无数个十四年间从未摆过的姿势——这位副会长用的可不是手机附带的相机，而是一台真正的单反相机，真是令人难以置信。

坦白说，在正儿八经的学生会办公室里，当长绳副会长带头这样胡闹的时候，她就已经失去指责美少年侦探团的资格了，不过比起揭她的这个短，我更高兴的是知道长绳还有这么天马行空又新颖特别的爱好，所以，嗯，算了。

不久前和天才少年说过的那些郁闷烦恼，现在一扫而空了——把不认识音乐家和画家的长绳视为填鸭教育和应试教育的受害者，这种强烈而无聊的心情已经飞到九霄云外去了。

她也有爱好，或者说，她也有喜欢和珍视的东西。

这个发现鼓舞了我。也许是一厢情愿吧，但我总觉得她似乎在告诉我，接下来我要做的事是正确的。

但这些照片要是泄露出去了，我可饶不了她。

所以，等我赶到发饰中学时，已经迟到很久了——那一路怎么走的我记不清了。说起角色扮演，以前我倒是被一个打扮成警察模样的人追赶过（他打扮得相当用心，甚至还坐上了警车），最后凭借高超的视力成功逃走了。

尽管我没有长绳那样的变装爱好，但一穿上和平时截然不同的服装，我立马就像换了个人似的，胆子都变大了，放在平时，只身潜入对手学校这样危险的事，光想想都害怕，现在却也意气风发地"闯"进来了。

没准札规让我打扮成兔女郎过来就是出于这个考虑呢——但我想错了，因为进入校内后，我发现发饰中学的学生们真的穿着清一色的兔女郎制服（男生是棒球夹克）。

纪律作风简直一团糟。

上次来是在夜里，不清楚这学校平时校风怎么样，现在看来，该说是名不虚传，还是超乎想象，还是单纯的不正常呢……

不对，且不说学生会规定的这个校服有多么莫名其妙（虽然我现在也打扮成兔女郎了），现在——上午十点半是上课时间，学生们却若无其事地在走廊或台阶上闲晃，这种情景在指轮学院简直难以想象。

再往教室里瞧一瞧，似乎也在上课，但大家都是一副爱上不上，爱教不教的样子。这校风也太过自由了。

就像个法外之地。

也许是因为之前那个声色犬马的赌场给我留下了的刻板印象，我总感觉，同样都是中学生，他们看上去成熟得多——这也要归功于变装吗？不过，其实校服也在限定孩子的身份角色，很难说不是一种角色扮演……关于这个问题，也许长绳能解释得更详细些吧。

总之，我意气风发地潜进了发饰中学，可看到周遭清一色的兔女郎（和棒球夹克男），多少还是有点儿胆怯。我的情绪逐渐冷静了下来——自己真是太不知天高地厚了。

我刚才大摇大摆、昂首阔步的样子，现在想想真是太招摇了。

学生会办公室在哪儿呢……忘记问札规了。如果冒冒失失去抓个学生来问，万一暴露了自己是个外来者（外来的学生会会长），谁知道会怎么样呢！只能自己找找看了。

靠自己的脚和自己的眼。

要不要给札规打电话求助？不，我才不要。

我一边把眼镜插进口袋中，一边躲避着眼看着就要过来搭讪的学生们，我在学校里东晃晃，西荡荡——要是被逮住就完蛋了。

正这么想的时候，我被逮住了。

后背被人一把揪住，我被拽进一间空教室。

哇——完蛋了！

# 14. 先头部队

潜进其他学校却惨遭捕获，或许是我太轻率了，但在被揪住的一刹那，我就知道我是被谁揪住了，所以我一点儿也不紧张，我甚至故意表现出一副从团长那里学来的悠闲样子——因为，当那个人从我身后，也就是从我"高超视力"的死角接近我的时候，我的推论就可以成立了。

就差直接喊出他的名字了。

能够手法熟练地把我拽进空教室的，当然就是不良学生了。

"什么手法熟练，不要乱说，说得好像我平时经常把女孩子拽进空教室似的。"

嘴都被你捂住了，我还怎么说？

不过，被捂住嘴倒也不算是坏事——因为不良学生穿的棒球夹克实在太合身了，他要是不捂住我的嘴，我一定会忍不住大笑起来。

"笑什么！你笑，你自己的兔女郎打扮不好笑吗？"

不良学生毫不掩饰语气里的讥讽，死死瞪着我。

这眼神真是吓人，像是在气我没有取得团长的同意就独自进入了发饰中学，好吧，反正都是生气，我刚才还嘲笑你这身棒球夹克打扮呢，你也干脆一起气吧，反正我不会道歉。

不过话说回来，不良学生为什么会在这儿？他虽然是番长，但学习一向认真，这个时候不是应该在指轮学园好好上课吗？

"我是取得了团长的同意才来的，代表侦探团潜入调查的。"

哦，难怪穿着棒球夹克。

倒是听前辈说过他们有任务在身，调查沃野禁止郎什么的，在发饰中学……咦，那不是和我一样吗？

没想到和不良学生的任务撞在一起了。

"谁跟你撞在一起了，看到你蹦蹦跳跳、得意忘形地走在学校里，你知道我是什么心情吗？看到你得意忘形的样子已经够糟了，居然还穿着兔女郎制服。"

我有蹦蹦跳跳吗？我还以为自己是偷偷摸摸的呢。

看来这种特殊的侦探任务，即使是我这样一个阴沉的人，也抑制不住自己的兴奋啊——不知道这样算是适合当侦探，还是不适合呢？

不过，我差不多笑够了，你可以把手松开了吧？

就算你是美食小满，也不用一直让我闻你手指的味道吧？

"行，我松开，但你得老实告诉我，你为什么会在这里，要去哪里。"

被逮住后发现对方原来是自己人，本可以松一口气，可现在和面对敌对势力时受到质问没有太大差别。

去哪里——学生会办公室？为什么——约会？

这么说恐怕会被毒死吧……

唉，天才少年早该告诉我的——不良学生身上那件棒球夹克那么合身，无疑是出自美少年侦探团的艺术家之手，那在请他把我打扮成兔女郎的时候，不用我多解释什么，就该告诉我不良学生他们潜入其他学校的目的啊。

算了，要求那位沉默寡言的学弟多说两句话大概比登天还难吧。

　　而且，没有被先行潜进来的不良学生，或指挥作战的萝莉控叫去做牛做马，我就该谢天谢地了。

　　也许天才少年并不单是闭口不言。当初我和札规在公交站密会的时候，就被美腿同学极严肃地教育了一番，天才少年或许也在用他自己的方式为我着想吧。

　　可最后还是被逮住了！

　　"说不说？还是你想被我做成一盘菜？"

　　这是下通牒了，真可怕……

　　被自己人逮住反而更倒霉，这到底是什么莫名其妙的情节走向啊！

　　"要不把你做成土耳其烤肉吧。"

　　"那你把我烤得香点儿。"

　　我谢谢你亲手调理我。

　　"呵，算了，你要是坚决不说，我就把你直接拐回美术室，让飙太训你一顿。"

　　果然来了，那是我最讨厌的惩罚。

　　他一说要把我拐回去，我更郁闷了，不行，再这样下去，一切就打回原形了——白白折腾一趟，然后回到原点（不，回不到原点了）。

虽然这是最安全最保险的结局，但是，那样不就意味着我白白打扮成兔女郎，白白被长绳狂拍了那么多照片，白白潜入其他学校，白白挨了一顿骂，然后一天就结束了。

我的人生里不可以有这样的一天。

必须想办法起死回生。

好不容易潜入对手学校，结果只是练了练胆子就完事儿了——不行不行，现在要练的不是胆子，而是脑子（不过，胆子也得练啊，万一要跟番长单挑呢！）。

"唔，不良学生，你等等嘛，刚才你说，你来这里，团长已经同意了？但是不对啊，据我所知，对沃野的调查昨天放学后就已经叫停了吧？"

"……"

哟，看样子有门儿。这艰难的一击正中他的死穴了？

不过我确实听到了，昨天团长听完前辈的报告，就下了结论"再深究下去就不美了"——不美了。

不，美，了。

这是美少年侦探团最不能接受的。

"所以，你觉得回美术室后挨骂的会是谁呢？"

大概还会是我吧，就算我尽可能把话说得对自己有利，最后应该也是两个人一起挨骂。不良学生冷不丁吃了我这个废物一记反击，似乎真的有些退缩了。他一脸忧郁地盯着我。

哼，这种眼神可吓不倒我。

"……好吧，你说得没错，调查已经叫停了，刚才我的说法不太准确——知道我今天利用上课时间跑到这里来的，只有创作。"

那就真是皆大欢喜了。

原来如此，我就说嘛，为什么把我打扮成兔女郎之后，创作会溜得那么快，原来他是赶着去做下一个造型——这位造型师真是个大忙人啊。

所以，我不仅让天才少年等了一个小时，连带着也耽误了不良学生的时间——唉，我这个罪孽深重的男装女子。

但是，在我和长绳举办摄影会期间，不良学生后来居上，先行潜入了目的地——没想到我居然会在行程安排上输给这个不良学生。

不过，总算知道为什么不良学生这次宁愿翘课——虽然不良学生是混混，但是他上课的出勤率一向很高——也要潜进来调查了。毕竟团长已经叫停了调查，他也不好等到放学后公然跑来。

长绳在举办摄影会，不良学生在进行暗中调查，二年级 A 班这群精英，翘课的竟然如此之多，这还真是个新鲜的发现。所以……

"要不我们联手吧，不良学生。"

我发出合作邀请。原本这次我打算单独行动，但事到如今，我也没有更好的选择了——其实闯进来后不久，我就发现自己的处境相当窘迫。

先前我笑话长绳不知道美术室在哪儿，我自己还不是找不到学生会办公室，真是无地自容。但不良学生的间谍活动已经持续了好几天，他一定知道——加上他还是番长，一直暗中保卫指轮学园的和平，即使不来调查沃野的事情，平时他对发饰中学的学生会会长也始终戒备着，盯得很紧。

"我知道这是个合理的提议……但是在这里和你联手……总感觉有点儿不痛快呢。"

你还感觉有点儿不痛快……我才不痛快呢。

不过也是，我没有更好的选择，不良学生却是有的——他眼前就摆着一个选择：优先保护我的人身安全，而不是继续调查。

"谢谢你为我这样的弱女子担心，但是，我希望能参加战斗！"

"少给我装什么坚强的女主角，都敢打扮成兔女郎，我可不觉得你是弱女子，你稍微也体谅一下我好吧？唉，算了，要不我就跟你这个废物联手吧！"

这破罐破摔的语气。不过，到底是答应了。

也许他只是觉得我不需要他保护而已——虽然不是什么太好的结果，但看样子总算不至于打回原形了。

回过神来四下里一看，这儿好像不是一间空教室。

我还以为这里刚好有个可以随便拽兔女郎进来的地方呢。其实这里好像就是一间普通的教室，每张课桌上都挂着书包，黑板上也有最近使用过的痕迹，看样子只是这节课（第三节？）老师没来上课，学生也就放风去了——这校风真是自由得过头了。

这样真的好吗？

不过，反过来说，就算我和不良学生在这间教室里一直聊到下一堂课打铃，应该也没什么问题……这里很适合密谈。

"既然要联手，我们先共享一下信息吧。我来这所学校的原因你也知道，就是刚刚说的那样。那你呢？别告诉我你只是想穿上可爱的制服出来溜一圈？"

胡说八道……小心我四处散播说我们的番长为了欣赏兔女郎每天来发饰中学报道。言归正传，既然他这么问我了，我确实很难继续装傻。

好不容易让他答应联手调查，再继续垂死挣扎下去，实在不是什么明智之举……而且，我也想打探他对长绳的事到底了解多少，所以，干脆一五一十全交代了。

我这次不是来当侦探的，是来求人的。

当选学生会会长的时候，我收到了一大捧花——里面藏着一部儿童手机，然后我接到札规的电话，邀我去约会——拒绝——副会长向我提议消灭恶名昭彰的美少年侦探团——我误导她去了音乐室暂且躲过一劫——侦探团很难从美术室撤离——团长直接拒绝了撤离的方案——所以我又打电话给札规，向他讨要隐形布——

"然后打扮成兔女郎来到了这里。"

"这段简述，你跳过的关键细节不少于五个吧？"

是跳了不少，尤其是关于长绳的私密爱好。

让天才少年帮忙打扮的事就更不用说了，要是说了不该说的话，我恐怕很快就得去见阎王了。

"原来如此，这居然是你自己的主意吗？你倒是挺有主意的嘛，居然还能想出这样的办法啊。"

一句句讽刺如同针扎似的刺过来，气得我心头火直冒——不过，这下他也知道了，我这么做都是为了美少年侦探团，所以应该不会再不分青红皂白朝我发火了吧。看来人与人之间还是得多多沟通啊。

"长绳吗，唉，真头疼，不会有人比她更一本正经死脑筋了吧。"

倒也未必。

不对，"不会有人"这话说得或许没错，她本来也不是那样的人。

不良学生眼中的长绳大概只是基于同为二年级 A 班同学的印象，有机会最好去看看她的博客吧。

"那你不是应该尽快去学生会办公室吗？别在这里闲

晃悠了。"

"你是不是忘了，是你把我拽进来盘问的……不良学生，求你了，告诉我，学生会办公室在哪儿？"

"迟到这么久，你现在知道着急了？"

磨磨蹭蹭到现在，距离约定的时间已经迟了快三小时了——先是睡过头，再是做造型，还办了摄影会，到达之后没想到竟然还迷了路，时间不知不觉越拖越久。

发饰中学好像没有严格的上课时间和休息时间，倒是不用担心学生们突然回来，但是，就算我骗自己"好女人约会当然得迟到"，可这个说法还能糊弄得了人吗？

三小时了。

迟到这么久，除了"时差"之外，没有任何借口可以蒙混得过去吧。

又要挨骂了，又要被甩臭脸了。

"不良学生，不然你打扮成兔女郎，代替我去学生会办公室吧？"

"开什么玩笑，那这本书的名字不就会变成《放学后！兔女郎团》吗？讲谈社 TAIGA 书系会把它除名的。"

也没准会新发行个讲谈社兔女郎书系呢！

"快去吧，我不能跟你一起，但我可以在门口守着，万一有什么万一，我就立刻冲进去。"

万一有什么万一，到时恐怕已经太迟了吧，但我如果摘下眼镜，是看得到门外的不良学生的……至少可以给我壮壮胆。

"没办法，去就去呗，反正我也没什么可失去的。"

"你迟到这么久，早就失去信用了，况且从被迫打扮成兔女郎的那一刻起，你也已经失去很多其他东西了吧？"

"没什么，我还是很喜欢这身兔女郎打扮的。"

"什么意思？"

"你别管，对了，不良学生你的调查情况怎么样？你违抗团长和萝莉控的意思继续调查，有什么新发现吗？我是说，除了一只兔女郎，还有什么新发现？"

"除了一只离目的地十万八千里的兔女郎吗？"

"离目的地十万八千里？你在说我吗？"

"因为学生会办公室离这里还相当远啊。我的调查情况就边走边说吧——不用担心，一般的学生谁能想到，指轮学园的学生会会长会打扮成兔女郎潜入呢。"

是啊。

也许这一切的始作俑者札规，现在还以为我是怕了，所以不敢来了吧。

# 15. 校内观察

"我直接说结论吧，没什么发现——什么线索都没有，所以，我只能告诉你：什么线索都没有。"

这么简单就完了？那刚才在教室直接跟我说不就好了？这个不良学生，大概是觉得刚刚才指责过我胡来，不好意思马上说出自己一无所获的事实，所以存心拖到现在吧。

真是死要面子！

不过我先前一身兔女郎装扮的时候心里提心吊胆的，现在有一个穿棒球夹克的男生跟我走在一起，整个人立马放松了不少。不论是畏畏缩缩又形迹可疑的样子，还是看起来蹦蹦跳跳、莫名亢奋的行为，全都消失不见了，我终于能够相对平静正常地走路了。

且不说打扮成兔女郎的我了，不良学生因为身上穿的棒球夹克实在太适合他，极为引人注目，可他与生俱来有种威严的气质，又让人不敢靠近。他就这样带着我旁若无人地穿行在发饰中学的学生们中间。

"对了，不良学生，你为什么要潜入这所学校调查沃野呢？起因是什么？你为什么推测札规可能知道沃野的事情呢？"

"我才没那么推测呢。只是长广之前当学生会会长的时候收集过一些信息，现在细想来，他觉得有些地方不太对劲。"

"觉得有些地方不太对劲？那个已经退位的男人？"

"什么退位的男人？不许这么说。瞧你这尾巴翘的，现学生会会长。"

我们已经离开走廊，交谈的声音很轻，不小心就说错了话，这话说得再不小心一点儿没准我都得因此下台。不过，他们并不是重新调查，而是那个已经退位的男人觉得曾经收集过的信息中似乎有些不对劲的地方，所以来确认清楚。前辈对待数据分析一向严谨，这样的安排确实很符合他一贯的风格。

哪像我，出事了才匆匆忙忙地着急处理，水平相差太远了——我和那个退位的男人。

"具体来说，我们不是查探过'二十人'组织和流氓美人队之间的关系吗？当时也顺便调查了发饰中学的学生会会长札规谎……他在这次的学生会会长竞选中，遇到了一个奇怪的对手。"

"奇怪的对手？有多奇怪？"

"应该不会比打扮成兔女郎的瞳岛眉美更奇怪吧。那人最后落选了。当时他没怎么在意那件事，但没想到这次自己学校的竞选竟然赢得如此艰难，这才觉得有点儿蹊跷。"

"都被逼到只能把我这样不入流的废物推上去竞选了，想法和价值观之类的当然都会发生变化的吧。"

"你倒也不用这么说自己。总之，他就是觉得札规谎如此出类拔萃，还有人敢与他竞争，这件事本身就很可疑。"

唔，这的确也是经验之谈——如果长绳没有遇到车祸，指轮学园的竞选必然是一点儿悬念都没有，走个过场而已，结果却演变成一场激烈的混战。

而以札规谎的地位——他连学生的校服都能改成棒球夹克和兔女郎制服——在发饰中学里走上这一会儿，我就越发觉得，和他竞选学生会会长，不等于自己找死吗？

这样的竞争者不可能只是"有点儿奇怪"而已，可除此之外，他再没给人留下什么别的印象，这太不正常了。

他不是奇怪，简直是神奇——这个神奇的没个性同学。

所以，与札规竞争的这个人，和引发指轮学园竞选混战的沃野之间，似乎有什么关联。

"你的意思是，沃野在竞选指轮学园学生会会长之前，还在发饰中学竞选过学生会会长？他为什么要这么做？"

他为什么要这么做？

有什么意义呢？毫无意义啊！

他以为是在游园会上集图章吗？到处去竞选学生会会长……难道，是为了纪念什么吗？

"这不是最后的结论，只是推论而已——毕竟札规的竞争对手名字也不叫沃野禁止郎。"

说到这个，我想起在二年级 B 班里，沃野禁止郎坐在我旁边的座位上，就像一团若有若无的空气。现在看来，沃野禁止郎应该不是他的真名。

"当然，学生会竞选落败后——现在札规已经是学生会会长了，说明那个人已经落败了对吧？——他就像从未出现过一样，彻底消失了，对吧？"

"说得没错，你的推理总是这么准。"

"你这是在夸奖我吗？"

"我这是在讽刺你，你还有心情开玩笑——但是，就算他真的不只在指轮学园或发饰中学，而是'到处'竞选学生会会长，我们也很难发现啊。"

的确。不良学生的推理一向很准（我这可不是讽刺），没个性同学会那么引人注目，正是因为咲口长广（的继任者）或札规谎实在太优秀，如果换作普通中学的竞选，这种现在看来"奇怪的家伙"大概也不过是一个普通的中学生而已，谁又会发现其中有古怪呢。

"也许是我们多虑了，他应该没理由那么做……这么做有什么意义？而且事实上，指轮学园和发饰中学的这两个奇怪的竞选人最终都落选了。"

"你的意思是，无论如何，他的目的并没有达成，就像游园会上一个图章都没集到？"

"这一点还不清楚，你用脑子想想看嘛……"

"我一直在想啊!"

"瞎吼什么,怕人注意不到你啊,小声点儿!如果那个'奇怪的家伙'是为了当上学生会会长,那他的竞选策略也太随便了吧,不是吗?不仅风险大,而且太胡来了,他想撞死长绳……甚至还想撞死你。"

"……"

随便?这我不能认同。不能认同的原因是,我觉得随便只是表象,沃野真正的计划或许太过耸人听闻,不好让亲近的人知晓,所以他一直秘而不宣——那么可怕的计划,除了我这种废物,其他人都不适合知道。

即使考虑到这一点,他在竞选过程中的表现也的确太过随意了——但这种随意或许才是他一切计划的关键,是我们难以抗衡的部分,或者全体。

"不良学生,你的意思是,沃野参加竞选的真正目的,是为了搅乱竞选?当不当选还在其次……在这个意义上,或许他的目的已经完美实现了?"

但无论如何,这种集图章行为也确实太莫名其妙了……不过,像他这样的男人,光是想到他已经"实现目的",就足以让人感到生理不适了。

他曾经这样说道：

"我就是个'没有任何长处，随处可见的平凡初中生'，就是那种经常被写进轻小说里的家伙……平凡地生活，平凡地好好学习或不好好学习，平凡地认真运动或不认真运动，平凡地被人喜欢或遭人讨厌，还有，平凡地迫于形势而杀人……"

目的……

"我脑子不够灵光，只能想到这些，但长广应该已经想到更深一层了。"

"你是说还能再往深了想吗？那我可什么都想不到了。"

"你刚才不还气鼓鼓地说自己正在想吗？这话收回得也太早了吧……不过，想到你听了这个假设可能会激动得发狂，我原本还有点儿说不出口。"

"激动得发狂？你不知道人家都管我叫淑女吗？我怎么可能激动得发狂，别说现在了，上辈子都不可能。"

"你上辈子大概是条冷血的深海鱼吧。"

又在胡说八道，不过这个比喻倒是让我挺激动的……好了，快点儿告诉我吧，其实我对沃野的真实目的并没有那么好奇，但马上就要跟札规面谈了，我得让自己时刻保持警惕，神经不能松懈。

"长广的意思是，假设沃野禁止郎就是发饰中学的竞选人，那么，在两场竞选中，或许他的目标都没有失败，而是已经实现了……那个'奇怪的家伙'为的不是当选学生会会长，也不单是参加竞选……"

而是通过参加竞选，让随便哪一个学生当选为学生会会长并受到尊崇。

这个推理——确实让我有些激动得发狂了。

# 16. 自由校风

回过头想想，或许我没有必要那么激动甚至火大……不得不说，这个假设有一定的合理性，我不妨冷静下来尝试接受它。

确实，正因为沃野参与竞选，我才有机会当上学生会会长，这个逻辑是毋庸置疑的，而且，在某种意义上，札规也因为出现了一个假想敌——那个"奇怪的家伙"，更坐稳了学生会会长的位子。

但是，总觉得有种受到侮辱的感觉。

不是因为觉得自己这个学生会会长当得不够光明正大，而是觉得那些帮助我当上学生会会长的人——美少年侦探团的成员们、长绳、踊，还有给我投了票的学生——受到了侮辱。

真是太让我郁闷了。一切像是都白费了。

"太过分了，那个退位的男人。"

"错的又不是长广。"

不良学生罕见地为前辈说话——确实，如果真是这样，该骂的人也是我也才对。况且，就算真是这样，所有的矛盾之处也并不都能得到解释。

说到底只是个假设。

不过，现实中是不可能同时在多个中学担任学生会会长的——无论再怎么"没个性"，再怎么对各大中学了如指掌，也不可能同时在多个中学拥有学籍——所以，他并没有真的打算当选学生会会长，这个假设还是成立的。

参加竞选本身才是他的目的——参加竞选，操控竞选才是目的，这个假设如果是对的……

如果是对的，又怎么样？

把我和札规推到学生会会长的位子上，对他有什么好处呢？札规是其他学校的，暂且不论……可让我——不是长绳，也不是其他人——当上指轮学园初中部的学生会会长，这有什么意义吗？

"不是说了吗，我也不知道啊。潜入之后，我调查了半天，但什么也没查到。我们还查过，沃野是不是正在某个中学参加竞选，但好像也没有……这也难怪，除了指轮学园，也没有哪所中学会莫名其妙在一月份举办竞选的。"

是的，而之所以这样，是有原因的。

因为前任学生会会长太过优秀，以至于当时所有人都忘了还要再举办下届学生会竞选，仓促之间才定的一月份——但无论沃野的计划是成功还是失败，指轮学园的竞选结束之后，他的计划也就告一段落了。

至少今年是这样。

"所以我怎么也想不通，就一个人跑来继续调查，可还是一无所获——除了发现一只兔女郎眉美之外。"

"发现了兔女郎眉美不就等于得到了一切？"

"等于什么都没得到。好了，我也不干了，都是白费力气。"

怎么才跟我联手就不干了。

不过，和打扮成兔女郎潜入的我一样，不良学生独自在对手学校发饰中学里继续待下去也很危险，如果我能让他决定收手不干，那我也算是做了件好事。

照顾好自己啊不良学生，就当是为了红茶，为了我的红茶！

说正经的，看见不良学生这副谨慎的模样，我才切身体会到，自己到底做了件多么危险的事。不是有句古话嘛，叫以身作则。比起直接告诫，不良学生不惜亲身示范，这一点倒颇有古风。

"但是，假扮成发饰中学的学生，度过这一段短暂的青春，才发现——"不良学生自顾自地说道——他眯缝起了眼睛，望着满校园的棒球夹克男和兔女郎，似乎不是在推理，而是在诉说心事，"说得肉麻一点儿，如果站在歌颂自由青春的角度上看，沃野所做的事情倒也不是不能理解——尽管那可能是错的。"

# 17. 学生会会长会谈

"欢迎欢迎，瞳岛眉美同学，瞳岛眉美新会长，好久不见——我已等候多时了。兔女郎的打扮果然很适合你啊。"

到达时已经临近正午，我原本担心札规可能早就不在了，没想到他一直在那里等着我。

那里——发饰中学的学生会办公室，一个古怪的地方，要不是门牌上写着"学生会执行部"，我压根儿想不到那儿会是学生会办公室。

我还以为我穿越了呢。

这里和指轮学园的学生会办公室太不一样了。

首先，学生会办公室本应该是办公的地方，可这里一张桌子都没有——反倒全是椅子，把房间挤得满满当当。

各式各样的椅子。

旋转椅、扶手椅、极富工艺感的木椅、塑胶椅、高脚凳、懒人沙发椅、皮革沙发、像个四角箱一样的椅子、公园里的那种长椅、公交站台上的那种长椅、按摩椅、安乐椅、三角椅、古色古香有些年份的旧椅子、买入不久还泛着光泽的新椅子、脚上带齿轮的椅子，不带齿轮的椅子——呃，那不会是电动椅吧？

总之，椅子，椅子，椅子，椅子……我甚至以为自己不小心闯进了椅子大卖场。

在指轮学园，那个现在让我们头疼不已的美术室也被一帮坏小子大大改造过，但跟这里比起来，竟然还显得更有章法些——尽管只是相对而言。

"请坐吧，眉美同学，挑一张喜欢的椅子坐下来。"

札规没有责备我迟到了近四个小时，反而极有风度地邀我坐下，他自己正坐在一个纵向摆放的公文箱上——就像一个出差途中，正在机场候机的商务人士，不过，说到底那也只是一把椅子吧。

一直以为他是个花花公子，没想到还有收集椅子的爱好。

人类的爱好真是千奇百怪啊——我这么感慨着，但还是照他说的，坐了下来。跨过或经过好几把椅子后，我选了一把懒人沙发椅。

软乎乎的。

"哦，你选了这个吗？"

札规意味深长地说——饶有兴趣地说。

咦？怎么？难道这把椅子里装了炸弹？不会吧，那我不是会被炸成一粒粒泡沫？

"对了，札规同学你穿的不是棒球夹克啊。"

"我是特例。"

他优哉游哉地吐出这么几个字。

不过，他穿的也不是普通的校服，板板正正的一套定制西服，看上去压根儿不像个中学生……加上这里独特的氛围，我恍惚以为自己来到了一家 IT 初创公司。

也看不到其他员工……学生会就他一个人吗？

"你是一个人来的？眉美同学，"像是看透了我的这些心思，札规先开口道："我还以为你一定会跟同伴一起来呢——所以才耽搁了那么久。"

唔，原来他以为我是因为这个才迟到的。

我就说嘛，当初约会被我拒绝就大为不快，可现在等了四个小时却还是一副云淡风轻的样子，原来他以为我跑去联合同伴要跟他斗智斗勇，所以有点儿乐在其中啊——但不好意思，我只是单纯的迟到而已。

因为怕挨骂，所以来这里都没告诉同伴们。

虽然门外有个保镖守着，但他本来并不在计划之中。

"不过也好，我巴不得就我们俩呢。"

他说了句真假难辨的话。

也许他只是没把我当回事，觉得我是个好拿捏的人。

一个无须重视、好拿捏的学生会会长。

"咦？怎么了？眉美同学，椅子要是坐得不舒服，可以换一把。"

"不……舒服极了，我的选择没有错。但是，为什么这间学生会办公室里放了这么多椅子？你们是在玩抢椅子游戏吗？"

"抢椅子游戏——要这么想也可以。"

对于我冷不丁抛出的一句玩笑话，札规意味深长地咕哝道，而后——

"不过，这不是我的爱好，只是一项心理实验。"

心理实验？所以这不是一把"人间椅子[1]"？

"人间椅子——也许是吧。椅子的种类繁多，对椅子的偏好其实也能反映人的性格。"

"原来如此。"

相比于心理实验，倒更像是心理测试。走在路上的时候，眼前突然蹦出一只动物，你觉得是什么动物？

"所以，我选择了这个软乎乎的懒人沙发椅，就说明我和沙发一样，温柔得能够包容任何人，是这个意思吧？"

"完全不是。"

的确完全不是——连我自己都觉得完全不是。

这么说的话，札规坐在公文箱上，又该是怎样的心理状态呢？说不准。他所谓的测验只是在表演，或者说，在游戏而已。

"游戏——对了，眉美同学，从这场游戏开始以来，坐在懒人沙发椅上的人，你还是第一个。"

---

1　指江户川乱步的作品《人间椅子》，故事讲述一个制椅匠人因向往上流社会，藏身于椅子内，随椅子一起接触到了各种上流人士。

什么？我挑了一张这么不受人欢迎的椅子吗？

失策了。

"不不不，我的意思是，你在这里能这么放松，我很高兴。好了，我们进入正题吧，不要耍什么阴谋诡计了，开始约会吧。"

他说得倒轻松，可下午应该还得上课吧？

我不仅迟到，还翘课跑来这里，没什么资格说这个。不过札规一直在这里等着，所以，他是一节课都没去上吗？

"嗯，约会真棒！快点儿把隐形布给我。"

"你想要的军用武器，就在这里面哦。"札规指了指自己坐着的公文箱，"想要的话，就得先让我站起来。"

他似乎是在提议一种奇怪的抢椅子游戏——我就说嘛，他总不可能是好心把东西装在里面方便我带回去吧。我不经意地移了移眼镜，开始使用"高超的视力"。

我的这种能力不像许多漫画里那样神乎其技，只是单纯的透视——在没有镜片遮挡的前提下。札规坐着的公文箱里的确既没有钞票也没有枪械。

或者说，看起来空空如也。

看起来空空如也就意味着——要么真的空空如也，要么里面装了连我也看不见的装备。

顺带一提，我还看了看进来的那个门——嗯，穿棒球夹克的番长还在门外守着，像是一有不测就随时准备冲进来。

番长现在那副鬼鬼祟祟的模样，跟忍者似的，但多亏了有他在，我才能这么放松，放松得甚至毫不犹豫就选了懒人沙发椅。

"爱你哟，不良学生！"

"你怎么了，突然喊起爱来了。"

我只是试试声音能不能传到墙外，胡闹一下而已。

我还确认了自己的视力今天也向失明更进了一步——不过，还是快点儿进入正题吧。虽然，对我而言，正题已经结束了（我之所以愿意来会谈，只是为了保护美术室而已）。可来都来了，加上刚才不良学生说的那些话，我总不能不跟札规聊聊沃野直接就走吧。

"我想美少年侦探团应该不会乐观地以为，在竞选中胜出后，一切就万事大吉了吧——你们应该也在查探他的行踪吧？"

是这样吗？我耸了耸肩："嗯，你说得对。"——团里还在调查行踪的事我昨天才知道。要是被他知道团员们一直瞒着我，那也太丢人了，可不能露怯，得显得理直气壮。只要我表现得理直气壮，那大概就是在撒谎了。

越是说真话，就越发怵。真不是个好习惯。

"所以，发饰中学的学生会竞选也发生了类似的纷争，这你们已经知道了，对吧？"

"少瞧不起人了，当然知道了（理直气壮地）。"

不过，这也不算撒谎。好险，要不是刚才遇到不良学生，多问了他一嘴，这次的会谈简直不知道会变得多么莫名其妙，我的脸都要吓得发青了——一身兔女郎打扮，还顶着一张发青的脸，也实在太滑稽了点儿。

"所以你才安排了我们这次会谈对吧（理直气壮地）。"

"是的。沃野——在我们学校他用的是另一个名字，但为了便于称呼，还是叫他沃野吧——参与过竞选的那些中学，我挨个儿都了解了一遍，可惜有些信息不太准确，几乎没有学校回应我，眉美会长，除了你之外。"

什么？原来不止邀请了我一个啊？

这不是什么令人沮丧的事情，甚至应该松一口气才对，但不知道为什么感觉有点儿没劲——原来被我拒绝之后，他摆出那副臭脸，是因为所有学生会都拒绝了他啊。

唔，我这种不擅交际的人，要是身边这些椅子全都坐满了各校学生会的会长，一定心里发怵，整个儿缩成一团了，所以，我也很高兴只有我们俩——虽然门外还有个"忍者"。

"你不用放在心上，札规同学。有些人就是会无缘无故地讨厌你。"

"你这安慰人的方式还挺特别的，你过去的人生到底遭遇了什么……算了，先不说这些，我如果只是被人讨厌而无法召集会谈的话倒还好了，可如果不是这样，我就不能不当一回事了。所以，我才用了些强制手段，把眉美同学你邀请来这里。"

其实，眉美同学，只要你想要，哪怕是军用武器，直接给你我都愿意——札规说。虽然又是一句真假难辨的话。

两个说话真假难辨的学生会会长之间的会谈，对于在走廊偷听的不良学生来说一定是种折磨，真是忍不住同情他（提心吊胆地）。

但是，札规觉得不能把"召集不来学生会会长"不当回事，他的这句话就让人很难不当回事——可话说回来，札规说话一向故作高深，总不能把他的每句话都当回事儿吧。

"但是，札规同学，你在竞选中不是胜出了吗？那就不用太在意了吧？"

我想把主导权掌握在自己手里，所以故意挑衅似的这样说——我们的境遇其实也差不多，所以这种居心太明显的挑衅未必能够奏效，但是，被我这么一个不入流的人挑衅，普通人应该都受不了这样的屈辱吧——如果被这眼前的人记恨，我大概会生不如死吧。

"或许问题就在于我胜出了——眉美同学，我们敞开心扉好好聊聊吧，你真的觉得，像我这样的花花公子，适合当学生会会长吗？"札规朝我抛来这样一个问题。

他这是受到我的挑衅后出现的应激反应，还是原本就打算照这个谈话风格开始约会啊？——他到底适不适合当学生会会长？

"唔，前辈……不对，萝莉控……不对，咲口前辈说过，自从札规同学担任学生会会长以后，发饰中学就被你牢牢控制在手中了。"

"要怎么称呼前任学生会会长是眉美同学你的自由，但是，我现在问的不是前任学生会会长的想法，而是眉美同学你的意见，你觉得我适合当学生会会长吗？"

"适合，不适合，呢……"

我提心吊胆地犹豫着。说实话，身为领导，他的领导能力出类拔萃，甚至能和前任学生会会长即那个退位的男人相匹敌，但是，他这样的人担任管理层，不得不说问题确实很多。

他太爱玩了，也太强势了。

在学校开设夜间赌场，把男生校服改成棒球夹克，把女生校服改成兔女郎制服，这样的学生会会长，在我看来，实在很难说是一个理想的学生会会长。

校风自由，学生们看上去也很快乐。

尽管只是短短的一阵子，但四处洋溢着欢乐鲜活的青春气息——可中学应该是这副模样吗？

课也没好好上。

到处都是空教室，或者说，荒废的教室……

如果有人问我，这样好吗？我想不太好吧——如果发饰中学的现状就是札规当选学生会会长所导致的结果，那么很遗憾，我只能说，札规谎这种稀有物种做什么都好，但最好还是不要当上学生会会长。

"能得到那位有小学生未婚妻的学生会会长的高度评价，我感到不胜荣幸，但是，那又怎么样呢？那位会长品行端正、完美无缺，当他把我视作威胁的那一刻起，我其实已经没有资格担任学生会会长了，不是吗？"

札规的声音轻飘飘地在空气中回荡，带着点儿理所当然的意味。

他不是自谦，也不是自虐。

那为什么还要继续说这些呢？

"我当然觉得自己已经尽力去做了，但因为天性如此，所以实在不能说已经做到了最好。"

"是啊，我看你的确尽力在胡作非为了。对了，这个学生会办公室里有红茶喝吗？"

"不巧，这里不是你们的美术室。"

普通的美术室是没有红茶喝的。

不过，我这一问倒是成功把话岔开了。

"所以，札规同学你觉得，自己当选学生会会长是一种错误吗？"

他说自己尽力了，这话不假。

发饰中学里整天胡作非为的学生太多，他开设赌场，既可以把这些学生归拢到一起，同时也算是提供一些职业培训——不过，目的虽然高尚，手段却是违法的赌博，不得不说的确矛盾重重。

至于校服，那更是太胡闹了。

"不——不是错误，照当时的情形，我觉得自己是对的。"札规沉稳地说，"与其让沃野禁止郎当上学生会会长，还不如我自己来，我是这么认为的——眉美同学，就像你认为的那样。"

"我……"

我参加竞选并不是为了对抗沃野——虽然想这么说，但如果对手不是那个没个性的话，以我温吞的性格，大概就不会对竞选有那么高涨的热情了吧？

没个性的目的并不是当选学生会会长，也不单是参与竞选，而是为了让某个特定的竞选人当上学生会会长——真的是这样吗？

不过，"为什么札规要担任学生会会长呢"？"为了对抗没个性"或许是一个比较容易理解的答案。

那我为什么要担任学生会会长呢……为什么我要成为长绳的候补（会长的位子原本应该是她的），胜过 A 班那些优等生，当上学生会会长呢？

"可是，他为什么要那样做呢？为什么要让札规同学你……"

还有让我……

"让我当上学生会会长，受人尊崇，这有什么意义呢？难不成他跟爱送紫玫瑰的长腿叔叔[1]一样，喜欢考验有潜力的学生，并且暗中支持？"

"如果是这样的话，那他的眼光可真不怎么样啊——我说的是我自己。照发饰中学的现状来看，这里衰退、荒废得厉害，抗争是消失了，但也没有了憧憬。"

那我呢，我又怎么样？

我当上学生会会长之后，现在又在做些什么呢……

---

1　漫画《玻璃假面》中的角色，"长腿叔叔"常暗中匿名送紫玫瑰给家境贫寒但拥有惊人演技的女主角北岛玛雅，鼓励并帮助她在演艺界崭露头角。

为保护美少年侦探团这个非正式非公开组织而四处奔走，在学生会办公室举办兔女郎摄影会……

糟糕，衰退的征兆已经隐约可见了。

现在还只是当玩笑看待，没什么要紧，但如果考虑到我有义务继承前辈的大志，那么不得不说我早就让学园开始堕落了，所以，没个性的目的是——

让那些不适合当学生会会长的人当上学生会会长？

他让自己成为一个棘手的竞选对手，激起对方的斗志……

"情节太峰回路转、太出人意料了。这说得通吗？看上去现在幕后的真相揭晓了，一切似乎都在'沃野的计划之中'，可那也太牵强了吧？跑去各个中学参加学生会竞选，结果全部落选，这人得多差劲啊，跟我今天这身衣服一样差劲吧。"

"跑去各个中学参加学生会竞选……"

尽管我不小心脱口而出对自己打扮的真实感受，札规却善意地没有理会，而是直指事态的关键。

"让不合适的人当上学生会会长，那会怎么样呢？"

"怎……怎么……"

不怎么样吧，或者说，也没办法怎么样了。

傀儡政权——推举一个无能之辈登上高位，再暗中操控他。

但是，札规并没有被操控。要怎么操控才能让一个人在学校办深夜赌场啊——不管是校服，还是对学校的管控，都是札规照自己的想法胡来的结果。

而我，有没有被长绳当作傀儡对待呢？这种担忧也是完全没必要的……至少现在，指轮学园只是推举了一个废物当学生会会长而已，远没有出现傀儡政权的迹象。就算没个性到各个学校都去折腾了一番，让那些不适合的人当上了学生会会长，也未必就能随心所欲地操控他们。

而不管他的企图是什么，一旦失败，就会出现惨不忍睹的情况，比如发饰中学，已经变成棒球夹克男和兔女郎横行的法外之地了……

衰退、荒废……

"等等？难道这就是他的目的？"

我不由得咽了口口水。

不适合的人向不适合的人点了点头。

# 18. 衰退

让差劲的学生当上领导，摧毁学校。

如果没个性参与竞选的最终目的就是这个，那我就能理解，为什么札规会忧虑召集会谈失败了——他并不是讶异自己无缘无故遭人讨厌，像我经常遭遇的那样。

也就是说，让札规觉得更严重的危机是，对眼前的危机毫无察觉的一帮人，现在正坐在各校学生会会长的椅子（位子）上——"自己真的适合当学生会会长吗?"这些学校的领导者们无法意识到并且自省这一点。

那种氛围，的确很可怕。

当然，当上学生会会长，或者获得多数人的支持，这些都不是人生的全部——甚至算不上是青春的全部，即使不适合当学生会会长，也不代表就不适合其他一切角色。

况且，单是有斗志与没个性的威胁相对抗，就已经足够优秀了……但如果这种一时的意气最后导致学校荒败，无异于本末倒置。

尽管我并不觉得自己肩上担负着指轮学园的未来，可如果没有札规这次看起来有点儿杞人忧天的约会，也许迟早有一天，我们学校也会变成棒球夹克男和兔女郎横行的世界……

虽然那样也不失为一种乐趣……

"摧毁学校就是沃野的目的吗？所以，万一不小心他自己当选了，其实也没所谓的，对吧？不管谁当选，他的最终目的都能达成——这种随便的作风，确实很像沃野。"

我的思考已经跟不上情势的变化了，嘴里一边说着，脑子里一边整理分析……原本我一直以为，沃野是学园方面——或者说，是指轮学园背后的指轮财团派来的奸细。

我原以为，学园方面意图削减艺术类科目的课时，为了更好地向学生们灌输这一方针，所以才派人来竞选学生会会长……即使真的是这样，他的想法和竞选行为未免也太具破坏力了。

简直像是要将学园彻底摧毁似的。

"……至少沃野没有打算让中学生拼命苦读吧？"

"没有，但是在这方面，我和眉美同学你不也一样吗？"

"……"

"眉美同学，学校学的东西将来有什么用，你想过这个问题吗？"

在回答札规这个极常见的问题之前，他又抛出了下一个问题——重重叩在我的心坎上：

"如果觉得没有用，干脆就别学了吧！"

# 19. 课程

这个太过宏大而又触及根本的改革主张让我一时语塞，什么话都说不出来——如果说不良学生应该在什么时候冲进来，我想也只有此刻了。

札规的意思是，沃野，或者他背后的组织，企图破坏的不仅仅是学校，更是整个教育制度？所以他才断言，沃野禁止郎不是指轮财团派来的奸细。

他背后是一个更可怕的集团。

这种假设并不荒谬，是有一定可能性的……我听说，有一种宽松教育思潮，就是反对应试教育的，但似乎评价并不理想。不止如此，和削减艺术音乐课程一样，企图削减语文、数学、理科、社会、英语这些课程的主张，在各个地区、各个时代都屡见不鲜。

正因为过去没有成功的先例，有些人才更觉得将来成功的非自己莫属——这并不奇怪。

"在宽松教育的体制下，提问学生圆周率是多少，可能只会听到'大概是 3 吧'的回答。但不管这种体制让教学变得多么得过且过，至少还是希望孩子们能健康成长，而与之相比，沃野'他们'的企图不仅过激而且极具破坏性，简而言之，就是'不喜欢就不用学了，随便你们吧'。"

"……"

"那些想学的孩子去学就好了——他们的最终目的，也许就是摧毁义务教育制度。那些教育预算不如用到更有价值的地方，比如国际贸易或社会保障。"

"那……那样真的好吗？"

我不由得问出了声。问是问了，但答案是显而易见的——那样是不被允许的。

我为了保卫美术室，打扮成兔女郎来到这里，但如果中学都消失了，那间美术室又怎么会存在呢……义务教育一旦消失，美术室也会消失。

美术也会消失。

当然，美少年侦探团——学校制度一旦瓦解，我们那种"小孩的游戏"自然不复存在了。札规所带领的流氓美人队也一定会褪去幼稚，变成一个残酷而又现实的组织吧。

小孩子都知道，这样的改革必定漏洞百出。

不是好与坏的问题，而是根本没有好处——不用学习可以每天玩耍，这不就是傻乐吗？

这是溺爱，而不是宽松，太让人毛骨悚然了。

但最大的问题是，这样的改革似乎早就暗中启动了……不良学生说得对，指轮学园和发饰中学的情况特殊，所以才能发现没个性的行为不太正常，但是，就像潜伏期很长的传染病一样，遭到沃野毒手的中学正在不知不觉间一点点腐烂下去。

如此一来，不单单是学生，教职工也可能遭殃——学校的年级主任如果也思考过"教给学生的知识，将来到底有什么用呢？"就不至于发生这么可怕的事了。

实际上，发饰中学的老师看上去并没有在好好教课，而且所有人都表现得理所当然——把这一切全归咎于札规，那是怎么也说不过去的。

这就等于告诉学生：不用学习也可以。

不用教书也可以，不用工作也可以，想象一下，如果老师们被这样告知，那何止是教育制度的消亡，整个国家都会毁灭吧……

但是，一些现实问题我们也很难否认。

连我这种平时不怎么看新闻的人也知道，教职工的工作环境正日益恶化，不单是上课，繁杂的学校事务令他们不堪重负，甚至连担任社团活动的顾问都会受到严重的压榨。

身处这样的困境，旁人再用"老师是神圣的职业"这种标签绑架他们，要求他们牺牲奉献，任谁也受不了吧——身心都可能出毛病的。教职员办公室那帮人把声子老师这样的人赶走，我当然觉得不快，但他们这么做也有他们的理由。

要是教职员办公室方面没有任何行动，只对学生丢出一句"随便你们喜欢美术还是别的什么"，一切撒手不管，任由学生爱学不学，声子老师不还是很难在指轮学园待下去吗——甚至事态可能会变得更糟糕。

而且，指轮学园也许正在往那样的方向发展。

"但是，现在已经太迟了，对吧？等我们发现这一点时，就已经太迟了——无可挽回了，对吧？"

竞选已经结束了——我当选了学生会会长。我的当选就意味着沃野的阴谋得逞了，漫画里，当反派说出那句俗气的"你们中计了！"时，我们就已经输了……在那么俗气的台词面前认输，真是太丢脸了。

而且，已经束手无策了。

"不。"

札规摇了摇头。

"的确，我，还有我们发饰中学或许已经太迟了，但你们还来得及啊，你们已经事先注意到了——怎么会'已经束手无策了'呢，眉美同学，你还什么都没做呢，不是吗？"

"……"

他说得没错，虽然没错，但是……难道札规只是想告诉我"应该当好这个学生会会长"吗？只是想告诫我这个理所当然、冠冕堂皇、无比正确，却又难如登天的道理吗？邀我来约会，就为了让我听他说一句类似"要与人为善""要广交朋友"这种高尚的警语吗？还特地让我打扮成兔女郎？

却把自己的失败置之不理——不对。

正因为他们失败了，所以才有资格告诫我吧？把我叫来，穿上他们的校服，来体验他们的失败吗？简直是多此一举——这不就等于告诉我"你得了重病，但好在发现得早，所以还是可以治愈的"吗？如果不知道，那还可以相安无事，现在告诉了我，我不就得开始与病魔做斗争了吗？

明明都自顾不暇了，还特意费这么大劲儿做这种虚有其表的事——

"这不是虚有其表的事……而是，美好的事。"

那确实非做不可。

无论是身为新任学生会会长，还是美少年侦探团的一员。

无论是保卫教育制度，还是保卫学校，这些问题显然已经不在"少年"可干预的范畴内了，也不是"侦探"的工作，但即使如此……

只要我们还是一个"团"，那就非做不可。

"但是，我们并不觉得只有自己能够得救，沃野的目标不仅仅是我们，除非所有人都得救，否则就没有意义了。"

"我就知道你会这么说——好吧，其实我没想到你会这么说。"

计划外的收获。

札规微笑着起身——从那个被他当椅子坐的公文箱上站起来，把装有军用武器的箱子往我这边一推：

"收下吧。除了你想要的装备之外，里面还包了许多其他东西，你可以随便用。"

"许多其他东西？"

有吗？我险些脱口而出自己已经无耻地预先窥探过箱内了……原来如此，如果用隐形布包着，那我确实看不见——里面看上去空空如也。

我一把接住滑过来的公文箱，通过手感我知道里面并非空无一物——有"许多其他东西"。虽然听着有些可疑，但是，这次应该可以相信他吧。

"但是，真的可以给我吗？万一我把它转手卖了呢？"

"老实说，我还真没想过倒卖军用武器，太异想天开了……但是，可以啊，也算是一种投机吧。"

投机，说得跟生意人似的——好吧，那我就小心点儿，尽量别把它给弄丢，变成非法遗弃了。所以，我打扮成兔女郎潜入敌营，最终顺利取得了想要的东西——

连带着还接受了一项沉重的任务。

"当然，我们也没打算就这么一直输下去，既然已经有所察觉，就算已经太迟，但还是会反抗，还是会锲而不舍地继续跟其他学校的学生会会长通气——如果这样做有机会实现眉美同学你所期待的目标，那我……就毫无遗憾了。"

说得可真浮夸，倒是很符合札规的作风，虽然这也是他最大的问题，但反过来说，现在的发饰中学需要的或许就是这种悲壮的情怀。

"而且，我总觉得，眉美同学你能当选，会不会并不在沃野的计划之内，而是一个意外呢？"

"咦……为什么这么说？"

"我没有确切的理由，但如果我是沃野，就不会希望你当上学生会会长，仅此而已——你跟其他人不太一样，换作前任会长咲口或是那位原定的继任者，我大概就不会像忠告你那样，忠告他们了。"

谁知道呢。

如果指轮学园是沃野最后的目标，那他的确可能打算自己来当这个学生会会长。即使不是这样，我也希望是。我邪恶的心思一点点涌了上来——"你们中计了!"多俗套的台词,可他没机会说了,我就想看看他期望落空的样子。

"对了,我还没问你,把沃野……沃野禁止郎送进学校当奸细的组织,你查清楚了吗?"

"查清楚了,但现在还没法追究他们。"

"因为没有证据?"

"证据多的是,但,没法追究。"

"他们太庞大了?"

"太危险了。"

"……"

"胎教委员会。他们是一个正式公开的营利组织,而且自以为是地以第二教育委员会自居呢。"

不错啊,他们自以为是,那我们就自以为"美"吧。

# 20. 尾声

知晓了一件那么重磅的事情之后，美术室的问题就显得有些微不足道了，不过我还是照常报告了一番，让美术室从长绳的眼前消失——隐形，这个企图算是达成了。

不知道这算是物理手段、科学手段，还是理工手段，总之，虽然对长绳并不公平，但这项动用了未知科技手段的隐藏作业总算顺利结束了。

我们用从札规那里借来的隐形布盖住了美术室的角角落落：沙发、桌子、落地摆钟、纱帐床、绘画雕塑之类的艺术作品、厨房、泡澡木桶，甚至地毯和天花板壁画，统统无须运出去，都隐藏了起来。

"可能原本就没有美术室吧……它只是人们心中的一个幻想……"

长绳最终似乎得出了一个比学园七大怪更玄虚的结论——不过，可能也是因为她的热情和干劲儿在上次的摄影会上无意中消耗（升华）干净了……

其实对新一届学生会来说，覆灭美少年侦探团的计划不过是急于拿出成果的一种手段罢了，不可能长时间揪着不放。至于她讨厌美少年这件事，毕竟她是副会长，今后免不了还要密切往来，但只要前任学生会会长和我这个现任学生会会长一直盯着她，任何风吹草动应该都能提前察觉的。

所以，长绳的事算是解决了。

万岁！万岁！神探明智小五郎[1]先生万岁！……但是，这一切并不会顺利结束，因为我们侦探团里只有小五郎，没有明智。

不过，原本这次的结局也应该和往常一样，那些与社会阴暗面有关的悬念，我不希望让美少年侦探团可爱的团友们有所牵扯，所以全都由我，瞳岛眉美，这个性格阴暗的小人来承担就好，但是，因为番长这次像守护公主的忍者似的一直守在走廊，一切全听在他耳朵里，所以，原来的办法自然行不通了。

---

1　明智小五郎是江户川乱步笔下的神探，每次都能成功破案。

"真的没问题吗？长广就算了，团长都没同意呢，你就擅自和那个花花公子结盟。你这个资历最浅的新团员，反倒最没上没下。"

从发饰中学回去的路上，棒球夹克男对兔女郎这样说道。

彼此彼此吧。什么莓上莓下的，那你给我做个草莓冰激凌好了。

"没问题的，就算大家都不同意，我一个人也会去做的，为了整个团。"

"谁也不会理解你的。听那个花言巧语的生意人胡乱说了一通，那个什么委员会好像就成了个不得了的邪恶组织似的，可绝大多数学生巴不得全年都放暑假不用上学，在他们看来，那个委员会简直是救星吧？再说了，美少年侦探团的创立理念，其实不也是这样吗？"

"一个全身心热爱艺术的人会创作出怎样的作品，我们并不知道，不能让这样的人消失。"

"是除了我们之外，别人都不知道吧。所以啊——你要做的事，谁也不会理解的。"

除了"我们"之外……

这话听得我十分不快——他似乎看穿了我原本就没打算孤身奋战的小心思。

就这样，我们从对手学校那个衰败的乐园回到指轮学园后，还是在美术室跟所有成员说明了一切——包括沃野禁止郎的真正身份、他的背景和目的。

美腿同学、哄口前辈、天才少年，还有团长。

每个人各有想法，意见不一，但最终大家各自得出的结论和之前我们预想的几乎截然相反：我们要尽己所能守护学园。

团长以外的成员都表示，至少要在小五郎团长升初中之前守护好学园——美少年侦探团和学生会执行部之间会保持密切合作，只是行动得避开长绳的耳目。

天才少年或许会在理事会上进行交涉，尽管那些理事跟他的关系并不算友好，尽管他并不擅长交涉。美腿同学或许会尽力在田径队大展拳脚，亲身示范什么叫文体兼备，虽然这可能并不符合他的本心。现在已经从学生会会长的位子上退下来的哄口前辈——就算是为了自己那位小学生未婚妻——应该也会继续施展自己的领导才能吧。行动最受限制的，其实是不良学生，估计没多少时间做饭了。而团长，为了暗中守护学园，可能不得不扮演比我更糟糕的反面角色。

只要团长在，我心里就有底。

即使不"学"，也要追求"美学"，从他身上我学到了许多。我希望成为他这样的领导，将来为他提供一个理想的学习环境。

所以，如果有人问我"在学校学的东西以后有什么用呢?"，我已经想好了答案。

一个美好的答案。

无论是基于一个不称职的学生会会长的立场，还是基于一个美少年侦探团成员的立场。

现在，我打算从这个答案出发，旗帜鲜明地开始一场不被任何人理解，但绝不孤独的战斗。

在学校学的东西以后有什么用呢?

这个嘛，当然是对你自己有用啦。

放学后的小丑

那天放学后，我顺道来了指轮学园初中部的美术室——美少年侦探团事务所一瞧，竟然发现里面只有团长小五郎一个人。这可真是少见。

为什么这么说呢？不管美少年侦探团是好是坏，这位奔放的美学家都是团里的核心人物，所以，在指轮学园内，通常都有一个或两个人像保镖或贴身侍卫似的守在团长身边——而今天，这位团长却独自一人。

唔，不过，偶尔出现这种情况倒也不奇怪。

团员们正值青春年华，生活中又不是只有侦探活动——如果每天都来瞧一瞧，难免会看见一两次团长落单的时候。不良学生身为番长，得镇住其他学校的流氓势力防止其作恶；前辈虽然从学生会会长的位子上下来了，但也即将面临升学考试；美腿同学就不用说了，他是田径队一年级的明星选手，一定忙着参加社团活动；天才少年……虽然平时他做些什么大家都毫无头绪，但身为财团的继承人，想必不仅要精进艺术，也得学习如何成为财团领导吧。

所以，没事干的只有我！

虽然稀里糊涂地当选了学生会会长，事无巨细地得各种忙活，不过我这个会长的第一次单独行动，就是"守护美术室免于学生会的破坏"，这件事说起来其实有点儿不道义，毕竟某种意义上背叛了一开始就投我票的支持者们，但确实符合我的为人和行事风格——现在，为了确认成果如何，我便优哉游哉地晃悠到美术室来了。

但是……

唔，跟团长单独相处吗？总觉得有点儿尴尬呢。

越是了解我的人，或许越诧异我会这样想，毕竟，我常常被认为很有爱心。但其实我对应付小孩子很头疼——不，这倒不是我尴尬的主要原因，而是这个团内最重要的人物向来我行我素，不受管束，我这种靠不住的人怎么够格给他当保镖呢……万一有什么做得不周到，不难想象团员们会对我上怎样可怕的私刑。

所以，比起跟沉默寡言、一声不吭的天才少年待在一块儿，跟团长单独在一块儿我觉得更紧张——至少我跟天才少年还是有办法沟通的。

但是对团长，我就没有办法了，没有什么指导手册告诉我怎么跟他交流，更没有人可以咨询。

如何是好，不如掉头，悄无声息，一走了之？

我的脑袋里不经意间竟冒出一连串（文雅的？）四字词来，也许我现在也渐渐略微懂得文艺为何物了（净胡扯！）？但是，正当我沉浸在这种自娱自乐中时……

"嘿，这不是眉美嘛，你总是在最好的时机出现！一有什么大事，准少不了你！侦探就得像你这样！我每次都从你身上学到不少东西呢！"

团长这个人一向漫不经心，就算子弹贴着肩膀擦过也不会引起他的注意，但他却偏偏注意到了我——这算什么好时机啊，可对团长来说，似乎刚刚好。

还有，什么意思？一有什么大事，准少不了你——这是在调侃名侦探出现之处必定有命案发生吗？听着像在正话反说，把倒霉的名侦探形容得像英雄似的，不愧是只看得见事物美好一面的双头院学啊。但是，按常理推断，发生大事时准少不了的人，应该是凶手吧，所以这怎么也不像句好话。

不过，看到团长"一如既往那么活力四射"，我忽然松了口气——倒不是担心其他团员不在自己会受到冷遇（跟团长单独相处这也不是第一次，记得被二十人组织绑架的时候也是啊）。面对这样的团长，任何伪装或是顾虑都起不了作用。

或者说，没有意义。

"团长，你说好时机，是什么意思？"

"其实我是想给你看看这个。你可是美观眉美啊，没准能看出我这种知识浅薄的人看不出的问题来，我很期待哟。"

现在还对我评价如此之高的，也只有团长了。

连我爸妈对我都已经没什么期待了。

"可能对你来说，解开这么简单的谜题不过是易如反手吧！"

是易如反掌吧。

"'这个'是哪个？"

"哪个？就是这个哦。"

我眼前，一排茶杯正摆在桌上。

桌上铺着一张线条纠缠得难解难分的精美刺绣桌布，上面摆着一排茶杯。与"我和团长单独相处"的低概率事件不同，在美术室里，这种情景是十分常见的。

我们就像英国人那样，嗜红茶如命。

来这里不喝杯下午茶几乎是不可能的——毫不夸张地说，我这种与社会格格不入的阴郁怪人之所以愿意每天来学校，其实就是为了喝到不良学生美食小满给我沏的红茶。

所以茶杯并没有什么不对劲的，应该，没有吧？

前提是主厨今天在的话——即使他不在，其他团员都在的话……

不对，就算所有人都在，还是不对劲。

桌上的茶杯共有七个。

美少年侦探团包括我这个废物在内，只有六个人——茶杯多了一个。虽然通常也会预备一个留作接待客人或委托人……

但别说委托人了，今天放学后大多数团员都不在，这里却放着一排茶杯，的确不太对劲。

"我来的时候桌上就是这样了，保护现场是侦探的基本素养，所以我动都没动过。"

唔。

所以，照现在的情况判断，在团长和我到达美术室之前，有七个人在这间美术室里喝了一场下午茶……下午茶？

我迅速地往杯子里瞧了瞧。

七个杯子里都有液体——看起来像是红茶……但现在还什么都确定不了。

之所以当下还无法断定，是因为不太可能有人品位那么差，没喝完不良学生沏的红茶就离开了——不良学生泡的红茶有多好喝呢？会因为太过美味而震惊得不小心喷出口，但绝不可能剩下。要知道，连擦过茶杯浸上红茶的纸巾我都忍不住伸出舌头舔一舔。

"也不一定是不良学生沏的吧。不过，就算是前辈沏的红茶，也不太可能剩这么多。"

"哈哈哈，长广沏的红茶也很好喝呀。"团长一脸快活地笑了，"反过来说，有没有一种可能，虽然在这间美术室里从未发生过红茶没喝完人就消失的情况，但就在刚刚，它发生了呢？眉美同学。"

唔……

"你的意思是，其他团员可能被卷入神秘事件，行踪不明了？"

遇事必先想到最坏的可能——即使团长当前，我的本性依然暴露无遗。但就算这个想法太极端太不着调，假设这真的是不良学生沏的红茶，很难想象究竟发生了什么事，竟然会让人没喝完直接离席。

除非是父母的葬礼这么严重的事，否则任谁都会坐在桌前把红茶喝完吧……而还有一点值得一提的怪事。在我看来，或许那是最不正常的——比如，假设真的有父母的葬礼这么严重的事吧……

难道所有团员的父母都在同一时间死了？

当然，这也不是不可能……

但即使如此，把喝剩的茶杯丢在桌上不管就出去，这可能吗？不良学生可能这样做吗？

对于美食小满这种作风传统的男人而言，"饮食"是包括善后环节的——我都不知道被他骂了多少回。被一个以反对社会规训为己任的番长批评得毫无反驳之力，是多么痛苦的体验，真希望大家也能感受一下。

所以，一个孩子哭得震天响也不会丢下锅铲的厨师，无论婚丧嫁娶，天大的事情，也必定会把厨具清洗干净后再离开美术室的——除非他马上就回来。不，现在离"马上"已经过去太久了。

团长和我不慌不忙地检视着茶杯，我开口道：

"对了，团长你是什么时候来美术室的？"

"大概比你早个五分钟吧。嘻嘻，你是怀疑我这个第一发现人在自导自演吧？嗯，就算是领导也不能被排除作案的可能，果然是眉美同学的作风，也只有你才会推理得这么严谨！"

呃，我并没有怀疑团长……

听到别人说怀疑同伴是我的作风，我的心情突然有点儿复杂——不过，五分钟大概不可能做到自导自演吧，而且就算团长一整个早上都在美术室，也很难想象他会自己沏红茶。

我想知道的是，这些红茶放在这里多久了……五分钟前吗？

"那……我稍微看一看吧，当个参考也好。"

说着，我摘下了眼镜。

　　如果我要"观察"茶杯和里面的液体的话，拿起茶杯来一看便知，但团长强调要保护现场，我还是谨慎些，不要随意触碰吧。

　　我用的不是从前的老招数，而是"高超视力"其他的模式。

　　"看"温度——相当于热成像。

　　这种模式我平时没什么机会用到（虽然就算不用这种模式，摸一摸也能知道大概的温度了），比透视又费神得多，所以一直尽量避免使用，但为了侦探团，我就大方点儿吧。

　　鉴定结果——不，"见"定结果出来了。

　　"嗯，已经冷了，感觉不像五分钟之前，或十分钟之前沏的红茶。"

　　毕竟只是一种模糊的感觉，还测不到准确的温度（经过训练或许可以做到，但我讨厌训练）。就算是放学后当即沏的红茶，也不可能是这个温度。

　　"所以，它可能是冰镇红茶？"

　　"……"

　　这推断也真够随便的……就算是冰镇红茶，那也应该用玻璃杯，而不是茶杯吧，我入团的时候已经入秋，没见过不良学生做冰镇红茶，但按理说，他应该是沏过的。

不过，按照热成像视觉判断的结果，这茶的温度，还算不上是冰镇红茶，更偏向常温，或是微温的液体……要是里面有冰块，杯子外侧应该会结露，但眼前的杯子上没有相应的痕迹。

……咦？

要说痕迹的话……我又把眼镜戴上，脸朝杯子凑近了看——这种程度的"观察"，用不着驱动"高超视力"。

果然。

说了半天"没喝完""喝剩了"，但其实都猜错了——这些茶杯，并没有被喝过的痕迹。也许有人要说了，又不一定是女人喝的，没留下口红印也正常。这话没错，但无论谁的嘴贴上去喝过，都一定会留下痕迹。

"可这七个茶杯上既没有不良学生的唇印，也没有前辈的指印、美腿同学的舌印，或者天才少年的齿痕！"

"你有点儿变态哦，眉美同学，克制克制。"

被美学之学批评了，要我克制克制。

好吧，冷静一点儿，虽然这个新发现让我有些乱了阵脚。

不是没喝完就走了，而是压根儿就没喝——这个发现固然令人惊讶，但关键是，为什么我们会认为那是"喝剩的"？

会做出这个判断，依据是什么？

因为，杯子里液体的量各不相同——有些杯子剩了一半以上，有些被喝到只剩不到一成，不对，既然没有被喝过，那应该就不能说是"剩了"，或"被喝到只剩"……

"也可能是用吸管喝的吧！"

用吸管喝红茶？冰镇红茶倒是有可能。

但如果是这样，没有收拾杯子，吸管却被收走了？也太奇怪了吧。

"不过，还是在垃圾桶里翻翻看吧，唔，没有呢。"

"眉美你翻起垃圾桶来还真是毫不犹豫啊。"

而且还是为了"翻找美少年们用过的吸管"——糟糕，这样我以后不就没法嘲笑萝莉控了吗？不能再嘲笑萝莉控，人生还有什么意义？

干脆换一章重写，修正一下风格吧。

在那之前先整理一下现状：

---

① 桌上摆着七个茶杯。

② 没有喝过的痕迹，也不是刚沏的。

③ 但是，茶杯内液体（红茶？）的量各不相同。

---

那么可以得出什么结论呢？

"眉美！这些茶杯会不会是某种暗号呢？"

这个年纪的小孩好奇心旺盛，就连筷子掉在地上大概都要探究一番，现在看见桌上摆着一溜儿茶杯，更是忍不住要各种推论，少年侦探团的确人如其名，和字面意义一样，爱好"儿戏"。

1. 必须美丽

2. 必须是少年

3. 必须是侦探

美少年侦探团最吸引眼球的团规通常是第一条"必须美丽"。但最重要的，或许是隐藏起来的团规第四条：

4. 必须是团队

暗号不是一个人的游戏。

或许是我阅历尚浅，看到桌上这样摆着一排茶杯，通常来说，我不会觉得有什么可疑吧……所以，今天要是换作我先团长一步到达美术室的话……

"嘿嘿！终于让我抓住那个烦人番长的把柄了！好机会！我先把它收拾了，好让他欠我个人情！'要是没有我，你什么都干不成，你看，那次放学后你连茶具都忘记收拾了……'这个话我要念叨他一辈子！"

然后趁其他团员还没来，把茶杯拿去厨房（准备室）的水槽里清洗一番——这或许会是我这辈子唯一一次洗茶杯吧。

就算我觉得哪里不对劲，"好像有点儿奇怪啊，跟平时不太一样"的念头大概也只会一闪而过。仅此而已了——可团长直到我来之前，都还在进行各种推理，虽然没有得出结论。

悬疑之所以悬疑，神秘之所以神秘，都是因为有人一起谈论——不为某个人所独享的谜语，才是谜语。这就是"团体"的奥义。不过另一方面，这也往往导致焦虑恐惧的情绪蔓延扩散。且不谈这个——暗号？

"暗号？也就是我的拿手好戏了？"

"哟，很有自信嘛，眉美。你的自信，真美啊。"

他没听懂我在开玩笑……不良学生要是在这儿，一定会狠狠奚落我一番。

我最头疼的就是暗号了，简直一窍不通。

"但是，为什么你觉得这会是暗号呢？难道，美少年侦探团还有什么紧急联络用的秘密符号？"

真有暗号吗？我怎么没有听说过？

团里是不是还有人没有把我当成正式团员啊？

是前辈？天才少年？……美腿同学也说不定（那家伙可能把我当成了一个女孩，而不是美少年），难道是不良学生？那我真的会很惊讶。

"没那回事，我们试过几次，但我总是记不住暗号！"

这解释听起来倒是相当合理……唔，我知道，团长向来想到什么说什么，从不会拐弯抹角——毕竟，他还不太会修饰他的表达，之前他还这样跟我说过：眉美，你最近是不是发福啦？但你圆润的曲线一样很美哦！——算了，你还是说暗号吧。

都怪美食吃得太多，才造就了我这副圆润的身形。我身边还围绕着一帮美少年，压力真是太大了。

但是，如果团员们现在真的下落不明，那包括红茶在内的一切美食我都无法再享用了——我一定会瘦成皮包骨的，天哪，不要啊！

就算衣服撑爆了我也舍不得那些美食！（要是真的撑爆了，造型师天才少年大概会用凿子帮我削薄吧。）

"但是，杯子摆在桌上，我总觉得有点儿古怪，这看上去像不像洗钱留言——"

是死前留言吧。

如果真是那样，说明我们之外的其他团员已经全部丧命，什么样的死法会让他们临死前还有闲工夫沏红茶呢？我想不出来。但是，从这一排茶杯中解读可能隐含的暗示信息，倒也不失为一个办法。

另外，会不会真的只是没喝完红茶但不小心忘记收拾了？确实不无可能——茶杯上没有喝过的痕迹，或许只是因为那些精致的美少年在优雅地喝过茶之后，又优雅地用手帕擦过杯口而已。

"暗号……那他们会不会是想通过杯中液体的多少来

传递什么信息呢？"

"咦？为什么呢？"

这朴素的一问让我不由得一愣。

这本来不是你自己想出来的吗……我顺口接过话茬儿来，现在却说得好像是我在胡思乱想一样。

果然跟团长还需要磨合。

"你看，七个茶杯都是一样的……要说它们有什么不同，也就是这里面的红茶（？）的体积了吧？"

该说是体积，还是液体积呢？

如果红茶是人为沏的，各杯的分量不一致也正常，但是有几个杯子里红茶的分量差得实在太远，这就离奇了。

"要不然算算看吧，每个杯子里的液体各有多少毫升。很简单就能算出来啦，先是算出茶杯的总容积……"

"眉美你其实算不出来吧？"

我是算不出来。

被人这么直接地否定，我也不会受伤，我完全接受自己算不出来的事实。

还以为团长只会夸我，没想到还会否定我呢。

但是，算不出来又怎么样，我还有这双天生的眼睛！这双让我失去青春的眼睛！

戴上的眼镜又被摘了下来——这次我要用的不是热成像，而是熟悉的透视模式。瓷器相对容易透视——在我看来，这些杯子除了没有刻度，与实验的烧杯没什么两样。

我打算用眼睛判断杯中液体的分量，至于判断精度嘛，要说比器械测量更准确都不为过——虽然很难，但就像我平时总是努力相信自己一样，希望大家也能相信我，瞳岛眉美本人。

A 杯：$6/7X$

B 杯：$5/7X$

C 杯：$4/7X$

D 杯：$3/7X$

E 杯：$2/7X$

F 杯：$1/7X$

G 杯：$1/14X$

假设液体注满一杯的表面张力值是"X"。

难得我也有推测正确的时候，为了让团长刮目相看，所以故意用了一堆 X 呀分数呀之类的数学元素。

"从右到左,杯内的液体递减得非常有规律,对吧?"

"是啊……细细看下来,比想象得要有规律得多。"

太有规律了,这一定是故意的,不确定是不是某种暗号,但无疑是人为的。

难道是什么数学题吗?

好比容器 A 中装有一加仑[1]水,要将其中刚好四分之一加仑的水转移到容器 B 中,需要多少个步骤之类的。

单看 A 茶杯,或许看不出是喝到一半不喝了——反之,单看 G 茶杯,或许也看不出是喝到一半不喝了,更像是整杯喝完之后的少许残余。这样按照分量依次递减地排列开来,反而让所有茶杯看上去都像是没喝完的样子……倒是跟某些社会现象有点相似啊。

"那眉美,你继续分析分析液体的成分吧。"

"这个你就别指望我了,我又不是美少年侦探团里的科学家。"

---

1　加仑是一种容(体)积单位,分美制加仑和英制加仑。1 加仑(美)等于 3.785 412 升;1 加仑(英)等于 4.546 092 升。

天才少年总穿着白衣服，没准这是他的专长——我能运用"高超视力"看到的，顶多就是分量和温度了。

不过，尽管团长总是想一出是一出，但查验杯内液体的成分，的确是下个阶段的任务。

看起来像红茶但未必就是红茶，同样的，这七个茶杯中未必都是同种液体——分量不一样，成分可能也不一样。

"我们可以猜猜看嘛，虽然都叫红茶，但种类不是很多吗？大吉岭啦，阿萨姆啦，格雷伯爵啦……其他还有很多很多。"

在这个教室喝了那么多种红茶，结果只说得出这三种人尽皆知的红茶，足以说明我的文化素养有多么浅薄。不过，红茶种类确实不少，我以人格担保。

就算色泽相同，甚至茶叶种类一样，但砂糖的量也可能不同。或者，其中没准有一杯是柠檬茶，如果还加了奶，那就更好辨认了……

美少年侦探团的团员基本上都偏好茶叶直接冲泡的纯红茶，眼前的这几杯现在还都看不出来是不是纯红茶——但是桌上没有砂糖罐，也没有从杯中拣出的柠檬片，用来搅拌的汤匙也没有。

垃圾桶里也没有。

"不过，也可能是谁翻过垃圾桶带走了那些东西吧？"

如果是这样的话，我的嫌疑最大。

这间教室里现在除了第一发现人，就是嫌疑人了。

"唔，如果这些都是不同的红茶，那可能是有人在这里试茶吧？"

刚刚还说是暗号，现在自己轻易就推翻了，又举出另一种可能——这个小学五年级男生的思维可真够跳跃的。

试茶吗？不过，听起来似乎有点儿道理，总比数学题好吧。

如果是这样，"犯人"难道是不良学生？他虽然为人粗鲁，但为了泡出醇香的红茶，平时就经常一个人躲起来细细钻研来着……

"或者，也可能是为了装出努力钻研的样子，故意留下这么明显的痕迹给人看……就像我常常做的那样。"

"如果是试茶，严格限定分量就说得通了。至于杯口整洁，考虑到可能试茶还未开始，倒也有可能。"

我那些不"美"的话团长似乎全听不见。

嗯，不过，比起认为是某个人一口不良学生沏的红茶都没喝就走了，认为是有人（不一定是不良学生，也可能是不良学生的政敌——前辈决定与之一较高下，所以刻苦练习）在研究红茶，更说得过去……

是有人在试验合适的茶叶需要多少水量才最合适吗？

至于水温冷却……也可能研究的是温度不高却好喝的红茶？

比起临死前用红茶和茶杯传递讯息（尸体已经运出去了），这种可能性似乎更高……只是不知道为什么研究到中途，不良学生或前辈就下落不明了。

"除了美术室，他们应该没有别的容身之处了……"

虽然这无疑说的是我（学生会办公室原本也不是我的容身之处），但从逻辑上看（说到底也只是逻辑"上"，或者直接说"逻辑"会更贴切一些。和容身之处一样，逻辑我也是没有的），也说不通——因为那样就说明，团员中的某人先是来过这间教室，然后，在团长来之前，在试茶之前，还没收拾好茶具就离开了。

这帮家伙虽然都是问题儿童，个性也各不相同，但在尊敬团长这一点上从不含糊，他们会做出这么失礼的行为吗？

虽然我就算做出这种事，大概也依旧会面不改色……

"如果试茶中途，发现需要什么东西，所以跑去家务科教室去取，这也是有可能的吧？"

家务科教室在指轮学园也已经闲置不用了（跟鬼屋差不多），里面应该不太可能有试茶需要的东西了吧……就算有，应该也过期了吧。

谁想喝那种红茶啊！

"这你就不懂了，眉美，有一种茶叶叫发酵茶叶。"

"那是什么？会叫吗？"

世界真大啊。

所以，关于这起事件，美少年侦探团的推论——结论或许是：不良学生正准备试茶，发现材料不足，便跑去家务科教室取了。

可以结案了吗？

这个结论看上去还算是切合实际，但我感觉还差一

些关键证据——而且（尤其对"我们而言"，更重要的
是），这个结论不够"美"。

　　说到底，这就是不良学生做事不够细致嘛，如果
是实验失败还说得过去，居然在准备环节就出现了失
误……这不可能是不良学生做的，一定是冒牌不良
学生！

　　如果研究红茶的不是不良学生，那这个结论还说得
通吗？好像也未必……

　　"你好像不太满意啊，眉美，没想到你现在对美有这
么高的追求，真是越来越有美少年侦探团的风范了。"

　　"我在团里这么久，多少还是耳濡目染了一些吧。可
推理了半天，最后还是觉得证据不够充分啊。"

　　这种日常生活的费解之谜往往流于琐碎，所以，即使
发现了所谓的真相，如果证据不充分，难免不"美"——一
个就好，能有一个证据佐证推论就好了。

　　而且证据越具体越好……如果有相关人员的证言或
者物证……

　　"原来如此，具体的证据吗……唔，但是，眉美，物
证不就在我们眼前吗？就是这些茶杯啊。既然是试茶，

那现在就试试吧！喝过之后，如果味道各不相同，那不就是最好的证据了吗？"

"茅塞顿开啊！不愧是我们的团长，手段真高明，简直让我大开眼界——好吧，我开玩笑的，怎么可能直接喝嘛！"

我不惜调动起——以自己阴沉的性格原本几乎不可能有的——高涨的热情对团长嘲讽了一番，而且还融合了反转技巧，最后毫不犹豫地拒绝了。

我的确想要证据，但如果条件是喝下那些神秘液体，风险未免也太高了——毒药应该不至于，但废水多少还是有可能的。

不对，毒药的可能性也不能完全排除……毕竟我们曾经跟犯罪团伙交过手——本就应该时刻警惕，提防报复。

但是，如果谁也没把这件事放在心上，反而还更可怕……不排除是有人算准了某个好奇心旺盛的团员也许会喝下这神秘液体，因此设下圈套……

甚至为此专门伪造出来一个古怪的下午茶现场，这不也是一种可能吗？

如果真是这样，我多少还是要反转嘲笑一下的——即使这样可能惹得团长不高兴。

"唔，是吗？不过，既然眉美这样优秀的人才都这么说了。"

双头院刚才还莫名地对我大加赞扬，同时险些打破自己保护现场的铁律，试图对那些茶杯出手，现在经我反对后，他倒也没有特别发牢骚，而是从校服口袋中拿出了一部手机——跟给我用的那部型号一样——说：

"我给长广打个电话，跟他对一对答案吧？"

呵呵，这是要确认相关人员的证词了。


团长的电话打给了前辈而不是不良学生，说明他确实打心眼儿里认可那个萝莉控是副团长，这个发现堪称我今天放学后的最大收获（我好像应该对美声长广前辈更尊重一点儿才对）。利用打电话这种世界上最直接的沟通方式，我们终于抵达了真相。

早打这个电话不就好了！这句牢骚堵在喉咙即将脱口而出，结果到嘴里却变成了"对，对哦！还可以打电话啊！之前怎么都没想到这么简单的办法呢，真是的!"。

不过，我想或许团长心中有一条原则：在自己还没有推断出结论之前，是不该采用这种手段的。

他大概也只能允许自己"对一对答案"而已吧。

换作我的话，肯定立马一通电话过去直接打听答案了（我就是看魔术时吵着让别人为我揭秘的那种人），可要问我为什么没有自己打电话呢？因为我还用不惯手机。

毕竟，在这个时代，智能手机还没有成为大脑的一部分。

那对过答案，结果如何呢？即使我向来对自己得过且过，这次却也不得不自评为"不对但也不算错得离谱"。

真是耻辱啊。

"'不对但也不算错得离谱'？你这是得过且过吗？我看是死不认错吧？这不就等于说'不否认我的发言可能招致误解，但我就是不想为自己给大家捣的乱道歉'吗？"

混蛋不良学生，就你话多。

不否认我的推理可能招致误解，但我已适时收手。警方没有介入调查，更没有人不允许我们发表自由评论，也就是说，没有发生命案——包括不良学生在内的所有团员都没有丧命——没有发现大家惨死的尸体，真是太高兴了！

从没想过有一天推断错误我还会这么高兴！

"行了，收起你浮夸的演技，你单纯只是误会了而已吧。"

惨死的尸体自不必说，关于试茶的推论当然也是错的——如果非要选择一个最接近正确答案的推论，或许是"暗号"吧。

还有，"去家务科教室拿准备材料"这个推论倒也不算全错——去的确实是特殊教室，但并非家务科教室，而是音乐室。

音乐室。

前几天我诓骗长绳，带她去的那个至今闲置的教室——以前我被前辈殴打肚子的那个教室。

"怎么能叫'殴打肚子'呢，那是发声练习。我父母以前给我做发声练习的时候，也总是挑我的肚子打。"

前辈你其实只是想打我肚子而已吧，你父母胡乱打你，你又来胡乱打我，这虐待没完没了了。

　　我在说正经的，你别打岔。

　　但是，这下我心里悬着的疑问终于放下了——就像我的形象已经一落千丈了那样，彻底放下了。在不良学生的专长，或者说唯一的优点——"烹饪"这个领域，他的研究准备工作是不太可能出现失误的，但如果他准备研究的不是烹饪，而是音乐，那出现些小纰漏，倒也是可以理解的。

　　所以，真相其实是这样的。

　　我应该没什么资格来讲述（来自不良学生的评价），所以就让与不良学生和与前辈同行的美腿同学来说吧——天才少年也跟他们一道，但以他沉默寡言的性格，再怎么央求也不会开口的。

　　"我们不是多亏了小眉美那个绝顶聪明的阴谋诡计，才顺利从小和菜那双纤纤素手上，保住了美术室吗？但这也说明，我们保住的只是美术室而已——起初也是因为利用了那间废弃的音乐室，才躲过了突击检查。细细一想，我们以前对音乐实在太不重视了。我们觉得类似小眉美做的发声训练还挺不错的，我们是不是可以玩一玩乐器演奏呢——所以，大家就决定制作一件乐器。"

　　这就是那些茶杯的真实用途。

　　音乐室连钢琴都已经撤走了——大概是拿去以旧换新了——所以整个学园里都找不出一件可以拿来演奏的乐器，只能自己制作了。

　　所以，往茶杯里倒入红茶，是为了敲出音阶。

　　那是击打乐器，是自制的钢琴——原始版钢琴。

　　八度音程，七声音阶——频率 2∶1。

　　七个茶杯分别对应哆、来、咪、发、索、拉、西七个音符——杯中的红茶之所以是不冷不热的常温，也是考虑到温度会改变音色。

　　直接用玻璃杯和清水不就得了——我这话憋在喉咙口又拼命咽了回去，不过这应该就是美少年侦探团一向注重的美学吧，我还是没能完全理解他们的作风。

　　这乐器在毕业之前能做出来吗？

　　这帮美少年既没学过专门的音乐知识，也没接受过专业训练，怎么可能做得出乐器来——就算在茶杯中注入等差递增的红茶分量，也模拟不出一组音阶……不管在杯沿敲击多少次，希望的钟声也从未响起。

　　想调音都无从调起，因为团员里并没有精通音乐的——前辈倒是勉强懂一点儿，但连在殴打我腹部的时候，那个斯巴达也一直强调自己并不是专业的音乐人。

擅长音乐的美少年侦探团创始人，美少年踊，已经退团了。

乐器是撤走了，但音叉总还是有的吧？于是，一帮人决定踏上一场冒险的旅程——去收集工具，制作一套"茶具乐器"，叫团长大吃一惊，赞不绝口。可团长对此一无所知，不巧今天提早来到了美术室，所以没能赶上制作完成。

那我呢？喂喂那我呢？不光制作乐器不带上我，连惊喜也没有我的份儿？

"呃，眉美你不是在忙学生会的事儿嘛……"

少跟我说这种客套话，你还敢跟我假客套，也不想想我是因为谁才竞选上学生会会长的。

那，最后音叉找到了吗？

"没，我们把音乐室清理了个遍，可从头到尾，墙上挂着的贝多芬们都只能同情地看着我们。"

这个比喻不错嘛，跟用暗号的本事有的一比啊，不良学生。

　　所以，就结论而言，我和团长的推论全部落空，其他团员的任务（乐器任务）也都失败了——总之，今天放学后的这段时间里大家什么都没做成，不过，我们向来对这种毫无意义的事情乐此不疲。

　　真是一次有呼必应、配合无间的"放学后"啊。

# 后　记


　　"我其实可以更出色的，都怪运气不好"，这个烦恼的另一个极端是什么呢？"我其实原本会更糟糕的，多亏了运气好"。所以，受人轻视固然不好受，过高的评价却也令人烦恼，但生活中这两种情况又往往同时存在。比如偶然一次超常发挥，并不代表我真的具备十秒冲刺百米的实力——即使人们期待我下一次，或者每一次都有精彩的表现，但未必次次都能令人满意，而且，就算做不到，也并不是我存心偷懒。旁人武断的轻视固然令人不忿，但自己的能力受到太过理所应当的认可也是一样，"这么点儿小事，肯定没问题吧？"听到这种话，有些人甚至被激得反而想故意把事情搞砸。人只有"做到了"才能走向成功，"做不到"的时候便陷入停滞，残酷的是，在每个人人生的终点，应该没有人能够再"做到"了，也就不会再背负任何期待，而如果每个人的归宿都是失败，倒也不失为一种公平的体现。

　　所以，上一部的故事并不是一场梦，在这一部的故事中，瞳岛眉美历经多番波折当选学生会会长之后，正式开展学生会工作。坐在显然与自己不相称的位子（椅子）上，尽管她自认为是个废物，心里也会觉得没底。这个系列希望讲述的是她在放弃梦想（第一部的故事）之后，通过美少年侦探团的各种活动，最终用自己的眼睛找到了新的归宿的过程。但照现在的进度看来，她应该是中途迷路了。不过，偶尔中途迷路也不失为一种乐趣，所以才有了"美少年侦探团"系列的第七部《美少年椅子》。

　　顺带一提，在今夏举办的展览中，预先公开了本部的第一章标题"1.语文老师（鮏鮏崎老师）"。故事内容后来发生变化，在该章内鮏鮏崎老师连个鮏字都没出现（而且整部书都没出现），但因为已经公开过了，所以干脆沿用下来，留作纪念。封面彩图是黄粉老师画的札规（以及不良学生和天才少年）。我甚至有点儿想为札规单独写一部了。谢谢各位读者，我们下部再见！

西尾维新

長縄和菜

插画：黄粉

N